KB114696

재벌닷컴
chaebol.com

재벌 닷컴 5

매검향 장편소설

초판 1쇄 찍은 날 § 2018년 1월 24일
초판 1쇄 펴낸 날 § 2018년 1월 31일

지은이 § 매검향
펴낸이 § 서경석

총괄팀장 § 최하나
편집책임 § 이선근
편집 § 김슬기

펴낸곳 § 도서출판 청어람
등록번호 § 제387-1999-000006호
등록일자 § 1999. 5. 31
어람번호 § 제1-2839호

주소 § 경기도 부천시 부일로 483번길 40 서경B/D 3F (우) 14640
전화 § 032-656-4452 팩스 § 032-656-4453
http://www.chungeoram.com
E-mail § chungeorambook@daum.net

ⓒ 매검향, 2017

ISBN 979-11-04-91617-5 04810
ISBN 979-11-04-91501-7 (세트)

5

매검향 장편소설

FUSION FANTASTIC STORY

재벌닷컴

chaebol.com

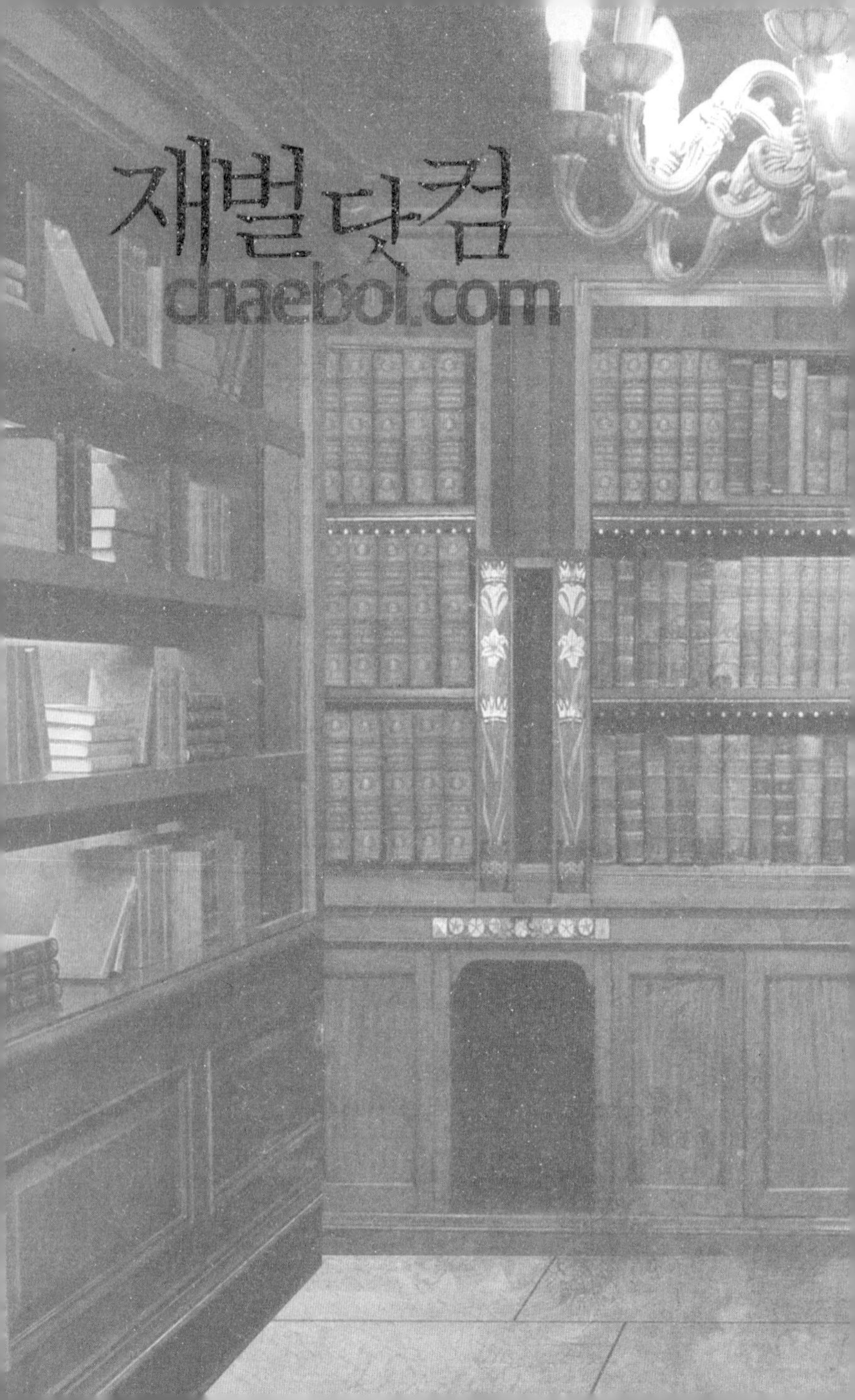

목차

제1장

회장이 되다 Ⅱ

10월 25일.

약 2주가 훌쩍 지나 어느덧 경순이 시집가는 날이 되었다.

이날 태호는 미리 대한항공에 예약을 해, 장인, 장모는 물론 소, 편 부부 및 자신의 경호원 다섯 사람까지 같이 비행기를 타고 울산공항에 내렸다.

그러나 부모님과 동네 사람들은 그룹에서 제공한 통근용 버스를 타고 시간에 맞추어 울산으로 가기로 예정되어 있었다. 원래 동네 사람들이 제대로 간다면 최소 버스 2대는 이용해야 하나, 너무 거리가 멀다고 빠지는 사람이 많아 한 대만 동원된 것이었다.

거기다 여동생 경순과 남동생 성호는 신부 화장 등 경순의 편의를 위해 하루 전날 태호가 제공한 승용차 편으로 내려가 있어, 그만큼 좌석을 덜 차지하게 되었다.

아무튼 태호 일행이 울산공항에 내리니 김병수가 시간에 맞추어 마중을 나와 있었다. 승용차 한 대를 자신이 직접 운전해서 말이다.

아무튼 태호 부부와 이 명예회장 부부 이외의 일행은 곧 공항 택시를 타고 예식장이 있는 고속터미널 부근으로 이동을 하기 시작했다.

공항에서 터미널이 있는 삼선동까지는 상당한 거리였기 때문에 태호로서는 조바심이 났다.

효주가 잘 참아낼지 걱정이 되었기 때문이었다. 이런 표정이 동승한 장모님의 눈에도 들어왔는지 그녀가 태호에게 말했다.

"사위, 너무 걱정 마시게. 옛날에는 밭에서 일하다 말고 산통이 느껴지면, 그때가서 얼른 집으로 와 애 낳는 사람도 한둘이 아니었어. 대부분의 아낙들이 그랬다고 해도 과언이 아니지."

이 말을 들은 효주가 빽 고함치듯 말했다.

"엄마! 지금 언제적 얘기를 하시는 거예요? 지금 시대가 어느 시대인데, 그런 고리타분한 이야기를 해 사람을······."

"네 어미 말이 하나도 그르지 않다. 요새 것들은 너무 오냐오냐 해서, 애 하나 가지면 무슨 벼슬이라도 하나 하는 줄 알고, 온갖 요란은 다 떠니······."

장인의 말에 효주가 어이없다는 얼굴로 받았다.

"그래서 세대 차이라는 말이 생긴 거라고요."

"그만해, 여보!"

"당신은 지금 누구 편이에요?"

"허허, 그러다 부부 싸움 나겠다."

장인의 말에 효주가 더 이상 말을 않자 차 안이 갑자기 조용해졌다. 이때 장인이 운전을 하고 있는 김병수에게 물었다.

"아직 멀었나?"

"거의 다 왔습니다."

병수가 오늘 끌고 온 차는 태호가 얼마 전 선물로 사준 차로 울산까지 끌고 내려온 것이었다.

아무튼 금방 도착한다는 병수의 말은 결과적으로 거짓이었고, 몇 번의 채근 끝에 일행은 오늘 예식이 예정된 목화예식장에 도착했다.

예식장에 도착하자마자 태호는 효주를 데리고 신부 화장

실로 찾아들었다.

그러나 경순은 그곳에 없었다. 신부 대기실로 이동을 했다는 것이다. 이에 태호는 시간이 벌써 그렇게 지체되었나 하는 생각에 시계를 보니, 12시 예식인데 11시 30분을 막 지나고 있었다.

이에 또 하나의 근심이 생겼다. 부모님이 타고 오는 통근 버스가 예식 시간 전까지 도착하지 못하면 어쩌나 하는 걱정이었다.

그러나 태호는 아직 30분이 남았음을 상기하고 효주와 함께 신부 대기실로 갔다.

경순이 그곳에 있었다. 신부 화장을 하고 드레스를 입어서 그런지 평소보다 더 예쁜 모습으로. 그 모습을 보고 태호가 말했다.

"내 동생이지만 정말 예쁘다!"

"오빠! 고마워요!"

경순이 달려와 태호의 품에 안기며 갑자기 눈물지었다.

"흑흑!"

"오늘같이 좋은 날 왜 울어?"

"이것저것 생각하면 오빠한테 받은 것만 많았지, 뭐 하나 해준 것이 없는 것 같아……"

"얘가 오늘 별소릴 다하네. 얼른 뚝 그쳐. 그러다 화장 다

지워진다."

그 말에 경순의 울음이 잦아들었다. 그러나 코맹맹이 소리는 여전했다.

"이번에 오빠가 새로 사준 논현동 집에 하나 못 갖춘 게 있어요."

"뭔데?"

"전화기예요."

"뭐? 아예 뜯어먹어라, 뜯어먹어. 살 집에 가전제품 일체까지 다 갖춰줬는데, 이젠 전화까지 놔달라고?"

"병수 씨 월급이 원체 적잖아요?"

"적긴 뭐가 적어? 그 나이에 그 월급이면 상당히 많이 받는 거지."

"받으면 뭘 해요. 동생들 뒷바라지에 다 나가는 것 같던데."

"알았다, 알았어. 서울 올라가는 대로 전화도 놔주마."

"고마워요. 오빠! 쪽!"

갑자기 경순이 오빠의 볼에 입을 맞추었으므로 태호가 버럭 소리 질렀다.

"나한테는 언니가 있으니 뽀뽀는 병수한테나 해라!"

이 말에 효주가 얼굴을 붉히고 경순은 그런 언니의 표정을 바라보더니 한마디 했다.

"언니, 이번에는 꼭 아들 낳을 것 같아요. 그리고 고마워요. 나 같았으면 배 그렇게 불러가지고 이 먼 곳까지 못 내려왔을 것 같아요."

"알아주니 됐다!"

대답은 엉뚱하게 태호가 소리 지르는 것으로 대신했다.

이렇게 세 사람이 떠들고 있는데 문이 열리며 부모님의 얼굴이 보였다.

"서울에서 더 먼저 왔구나!"

어머니의 말에 태호가 말했다.

"날아왔어요."

"사람이 어떻게 날아와, 농담 그만해라."

"비행기 타고 왔다고요, 엄마!"

경순의 말에 어머니가 놀란 표정을 지으시며 말씀하셨다.

"세상 참 좋다! 이제는 사람이 하늘을 나는 것과 다름없는 세상이 되었으니."

이 말에 갑자기 태호의 머리를 스치는 생각이 있었다. 부모님 돌아가시기 전에 꼭 비행기 한번 태워 드려야겠다는 생각이었다. 이어 그 비행기가 자가용 비행기였으면 더 좋겠다는 생각도 들었다.

그러자 머릿속은 계속된 연상 작용으로 또 하나의 국적기 '아시아나 항공'이 머리에 떠올랐고, 곧 아시아나 항공이 아

직 대한민국에 존재하지 않는 사실도 떠올라 태호는 주먹을
불끈 쥐었다.

아무튼 곧 신부 대기실을 벗어난 태호는 동네 사람들이며
고모, 외삼촌 등 아는 일가친척과 사돈네 식구 등과 인사를
나누다 보니 곧 예식 시간이 다 되었다. 곧 예식이 시작되고
제일 앞 좌석에 앉아 눈물짓는 어머니를 보고 태호는 묘한
기분이 들었다.

이렇게 시작된 예식이 끝나자 태호는 식당으로 부모님은
물론 장인 내외분까지 모시고 가서 갈비탕 한 그릇씩을 드
시게 하고, 권하는 사람 때문에 몇 잔의 소주도 마셨다.

이에 효주가 술 냄새 난다고 곁에 오는 것을 막았지만, 그
럴수록 태호는 짓궂게 자꾸 그녀의 곁에 가 주위 사람들의
빈축을 샀다.

이렇게 무난히 경순을 시집보낸 태호는 월요일이 되자 자
신의 약속대로 경순의 집에 전화 한 대도 놓아주도록 비서
실에 지시했다.

엄연히 공과 사는 구분이 되어야겠지만 이 정도는 용인되
는 시대상이었으므로, 태호도 크게 개의치 않고 지시를 내
린 것이다.

아무튼 이렇게 가을은 깊어가고 태호의 새로운 일과가 또
시작되고 있었다.

태호는 곧 예식장에서 떠올린 항공사 설립 기반을 위해 정태화 비서실장과 이사로 승진한 조동화 기획실장을 자신의 집무실로 불러들였다. 두 사람이 자리에 앉자 태호가 곧장 본론으로 들어갔다.

"내가 두 분을 모신 것은 다름 아닌 여객 항공사를 하나 설립하기 위해서입니다."

"여객 항공사는 나라에서 허가를 해주어야 되는 것 아닙니까?"

정 비서실장의 말에 태호가 고개를 끄덕이며 말했다.

"맞습니다. 하지만 때가 되었다고 생각합니다. 12월 대통령 선거에서 우리가 일찍부터 민 후보가 대통령이 되는 게 확실합니다. 따라서 그가 대통령이 되면 항공사 설립을 요구할 겁니다. 그러니 기획실장님께서는 11월까지 타당성 검토를 끝내고, 타당하다고 결론이 난다면 선거가 끝나기 전에는 설립이 완료되어 있어야 합니다."

"꼭 그렇게 서두를 필요가 있습니까?"

정 비서실장의 말에 태호가 정색을 하고 말했다.

"우리만 항공사 설립을 노리고 있다고 생각하신다면 큰 오산입니다."

"그, 그도 그렇겠습니다."

"자, 기획실장님께서는 이만 나가보시고, 비서실장님은 나와 함께 연구소에 한번 가봅시다."

"구 사옥 말입니까?"

"그렇습니다."

곧 두 사람은 비서실을 나와 구 사옥으로 향했다. 머지않아 구 사옥 연구소에 도착한 태호는 정 비서실장과 함께 연구실을 차례로 둘러보며 연구원들을 격려했다.

'당신들만이 우리 그룹을 한 단계 더 업그레이드시킬 수 있는 인재들'이라고 치켜세우고 다니던 태호는 강기종 박사의 연구실에 들른 후 깜짝 놀랐다.

그들이 이미 플립 형태의 휴대폰을 개발해 놓았기 때문이었다.

비록 아직 크기가 커 실용성이 떨어졌으나 진일보한 휴대폰 개발에 태호로서는 고무되지 않을 수 없었다.

그래서 태호는 그 자리에서 연구 예산을 배로 증액시켜 줄 것을 약속하는 한편, 그를 연구소 부소장으로 즉석에서 임명했다.

한국 연구소 소장은 이미 진대제로 발령 낸 바 있어 그를 부소장으로 발령 낸 것이다.

아무튼 태호는 기분이 좋아 전 연구원들에게 회식이라도 한번 하라고 1천만 원이 든 봉투 하나를 수행한 진대제 소장에게 주고 왔다.

여기서 강기종 박사에 대해 잠시 언급하면 그는 서울대 공대를 나와 스탠퍼드대에서 컴퓨터를 전공하여 석·박사를 땄고, 이내 IBM 연구소에 취업해, 엉뚱한 모바일 연구를 하다 수석 연구원까지 오른 사람으로, 뒤늦게 김 소장의 노력에 의해 모신 사람이었다.

아무튼 태호는 그에게 좀 더 경량화, 소형화시켜 줄 것을 주문하고 다음 연구 과제도 던져주었다. 즉, 폴더폰을 만들라는 것이었다.

곧 흡족한 기분으로 연구실을 벗어나던 태호는 다시 발길을 돌려야 했다.

연구원 하나가 복도까지 쫓아와 한 말 때문이었다.

"비서실 전화입니다, 회장님!"

"그래요?"

태호는 곧 연구소로 돌아와 탁자 위에 놓여 있는 전화기를 집어 들었다.

"전화 바꿨습니다."

"회장님, 저 계 양인데요."

"그래."

"명예회장님이 찾으십니다."

"그래? 오늘도 출근하신 모양이네."

"화가 잔뜩 난 음성이셨습니다."

"그래? 알았어. 바로 돌아갈게."

"네."

태호는 곧 정 비서실장과 함께 바로 본사로 직행해 명예회장실로 급히 찾아들었다. 태호가 노크와 동시에 문을 여니 이 명예회장은 멍하니 창밖을 바라보고 있다가 휙 돌아서며 쏘아붙이듯 말했다.

"자네 당장 호출기부터 구입해!"

"뭔 일이 있었습니까? 회장님!"

"회장은 자네 아닌가? 똑바로 불러."

"네, 명예회장님! 그런데 무슨 일로 그렇게 진노하셨는지……."

"오다 비서실에서 못 봤어?"

"뭘 말입니까?"

"노랑머리 여자애."

"급히 들어오느라고 못 봤는데요."

"내가 상담에 응하지 않자 가래도 안 가고, 최고경영자를 만나보고 간다고 거기 쭈그리고 앉아 있잖아."

"그래요? 별 여성이 다 있군요."

"나가 만나봐. 그리고 당장 더 이상은 통화 품질 어쩌고저쩌고 하지 말고, 음성 호출기인가 삐삐인가부터 하나 구입해 차고 다녀."

"알겠습니다."

"나가봐."

"네, 명예회장님!"

태호의 명예회장님 소리에 이명환의 눈이 가늘게 좁혀졌다. 자신 스스로가 물러나기로 했지만, 막상 듣고 보니 아직 적응도 잘되지 않고 서운한 모양이었다.

그러거나 말거나 태호는 그곳을 벗어나 비서실로 나왔다. 정말 이명환의 말대로 노랑머리가 아닌 갈색머리에 갈색 눈의 젊은 여성 하나가 의자에 앉아 있었다.

외국 여성의 나이를 잘 알 수는 없지만 삼십 대 초반으로 보이는 미모의 여성이었다.

태호가 그런 그녀에게 접근하자 오철규 비서실장이 그녀에게 말했다.

"He is who you are waited."

"Oh, yes!"

의자를 벗어나자마자 건방지게 대뜸 손을 내미는 그녀를 보고 태호가 한국어로 물었다.

"왜 날 기다렸소?"

한국말을 전혀 모르는지 그녀가 멍청한 표정으로 사무실 내를 구원의 눈초리로 둘러보았다.

그 모습이 재미있어 조금 분을 푼 태호가 물었다.

"Why did you wait?"

"Ah! To discuss business issues."

"Good! Let's go to my room."

"Oh, yeah!"

태호는 반갑게 따라나서는 그녀를 데리고 자신의 집무실로 향했다.

곧 비서실에 도착한 태호는 곧 본격적인 사업 이야기가 나오면 종전과 달리 영어가 달릴 것에 대비해, 전문 통역원을 불러 그녀와 함께 자신의 방으로 들어갔다.

곧 그녀와 통역원을 소파에 앉힌 태호는 그녀의 기호를 물어 비서실에 차를 주문하고 자신을 먼저 소개했다.

"My name is Tae-ho Kim ."

"My name is Carly Fiorina."

"무슨 사업 이야기입니까?"

"나는 AT&T 아시아 영업 담당으로서 귀하와 무선통신 서비스 부분에 대해 논의해 보고 싶습니다."

"칼리 피오리나 양. 우리나라는 아직 그 부분에 대해서는 걸음마 단계로 시기상조가 아닌가 합니다."

"미리 회사를 차려놓고 있어야 훗날에도 기회가 오는 것 아닙니까?"

그녀의 말에 태호는 내심 동의하며 미소 띤 얼굴로 답했다.

"좋습니다. 이렇게 합시다. 음……!"

잠시 뜸을 들였던 태호가 계속해서 말했다.

"일단 우리가 당신의 말대로 무선 및 이동통신사를 하나 설립해 놓겠습니다. 그리고 우리나라의 이 분야 사업이 본격화되면, 그때 가서 다시 한번 논의하는 것으로 합시다."

"설립 초기부터 합작사를 세우는 것이 낫지 않겠습니까?"

"우리나라의 이 분야 정책이 확실히 결정되고 나서, 논의해도 늦지 않다고 생각합니다."

"좋습니다. 자주 찾아뵐 테니, 귀찮다 하지 않으셨으면 좋겠습니다."

"그럴 리가 있나요? 우리는 좋은 친구가 될 수 있을 겁니다."

"호호호! 좋아요. 내 친구!"

피오리나가 웃으며 다시 손을 내밀자 태호 또한 이번에는 거침없이 손을 잡고 열심히 흔들었다. 이때 주문한 커피가 들어왔으므로 태호는 그녀와 차 한 잔을 함께하고 작별의 악수를 나누었다.

그녀를 내보낸 태호는 혼자 투덜거리고 있었다.

"개 목걸이를 꼭 해야 하나? 아직 통화 품질도 나쁜데."

이 명예회장이 지시한 무선호출기를 꼭 차고 다녀야 하는 지에 대해, 태호는 갈등하고 있었다.

통화 품질을 떠나 전생의 경험으로 속칭 이 삐삐란 놈이 얼마만큼 족쇄 역할을 하는지 잘 알고 있기 때문에, 이 명예 회장의 엄명에도 망설이고 있는 것이다.

그러나 더 이상 거절할 수 없는 자신의 처지를 생각하자, 태호는 가볍게 한숨을 불어내며 정 비서실장을 자신의 방으로 호출했다.

그렇지만 이 족쇄를 자신 혼자 차고 있기에는 너무 억울 했기 때문에, 정 비서실장을 호출할 때는 그의 입가에 회심의 미소가 지어지고 있었다. 아무튼 이때의 소위 삐삐라는 놈의 상태를 보면 어느 정도 서비스 지역이 확대되고 있는 상태였다.

1982년 12월 서울지역에 신호음 방식 1만 회선을 설치해 서비스가 보급되기 시작한 이래, 1986년 전화번호 표시 방식 이 도입되면서 부산·대구·광주·대전 등 주요 대도시로 서비스가 확산되고 있는 추세였던 것이다.

이에 부가해 잠시 이동통신에 대해서도 언급하면 아래와 같았다.

즉, 정부는 통신산업 및 시장의 변화에 효과적으로 대응 한다는 명분으로 1984년 3월 한국전기통신공사의 자회사로 이동통신을 전담하는 한국이동통신을 설립했다.

한국이동통신이 그해 5월부터 차량 전화 서비스로 시작된 이동전화의 대중화가 시작되었다. 1988년 5월 한국이동통신이 본격적으로 이동통신사업을 시작하면서 서비스 제공 지역을 확산해 나가기 시작한다.

1991년 말 전국망을 구축하고, 1993년 말에는 전국 74개 시 전역과 읍 및 인접 고속도로 주변 지역에서 이동전화 서비스를 제공하기 시작하는 것이다.

"거 앉아요."

"네, 회장님!"

정 비서실장이 소파 한쪽에 엉덩이를 걸치자 태호는 본격적으로 개 목걸이를 패용시키기 위한 전초전에 돌입했다.

"무선호출기 아시죠?"

"들어는 봤습니다."

"좋습니다."

여기서 회심의 미소를 지은 태호의 말이 이어졌다.

"요즘 주변 사람의 말을 들어보니, 그 삐삐란 놈의 서비스가 꽤 나아진 모양입니다. 따라서 부회장은 말할 것도 없고, 임원 이상 고위 간부급은 모두 그놈을 하나씩 지급하도록 하세요. 비서실은 말단까지 모두 지급하도록 하고요. 물론 제 것도 거기에 포함됩니다. 아, 참! 이왕 개 목걸이 패용하는 것, 제 것으로 카폰도 하나 주문하도록 하세요."

"개 목걸이라니요?"

"비서실장님도 한번 생각해 보세요. 그놈을 차고 다니면 사람을 얼마나 피곤하게 할지. 그야말로 개 목걸이라 해도 손색이 없을 것입니다."

"호출을 받고 일일이 전화 걸어 응대하려면 번거로울 수도 있겠군요."

고개를 끄덕인 태호가 다음 지시 사항을 하달하기 시작했다.

"비서실장님 주도로 자본금 10억 원으로, 가칭 삼원통신을 하나 설립하세요. 무선 및 이동통신 서비스 사업을 하는 회사입니다."

밑도 끝도 없는 태호의 말에 정 비서실장이 어리둥절한 표정을 짓자, 태호는 자신의 계획을 소상히 설명하기 시작했다.

"실제적 서비스보다는 선발제인이라고 이 분야에 일단 발을 들여, 이 분야가 정말 사업 가치가 있을 때, 정부로부터의 허가라든가, 공기업이 민영화될 때를 대비한 포석입니다. 따라서 실제가 아닌 형식적으로나마 통신사로의 형태를 갖추어놓도록 하세요."

"알겠습니다, 회장님!"

"자, 오늘은 여기까지. 곧 나가시는 대로 제 지시 사항을 바로 이행하도록 하세요."

"네, 회장님!"

이렇게 바쁘게 보내다 보니 두 사람은 이날 끝내 점심시간을 놓치고 말았다.

*   *   *

그로부터 한 달여가 흐른 87년 12월 4일 금요일.

이때쯤에는 태호의 지시대로 삼원통신이 설립되었고, 타당성 검토가 끝나 '가하다'는 판정을 받은 삼원항공도 설립되어 있었다.

또 삼원그룹 임원진 이상의 고위급 간부에게는 모두 호출기가 지급되어 있었다. 물론 태호 자신도 호출기를 패용함은 물론 자신과 경호원의 차량에도 카폰이 설치되어 있었다. 비서실의 전 직원들이 삐삐를 차고 있는 것은 말할 것도 없었다.

감히 이제 회장이 된 태호의 명을 어길 수 있는 사람은 사 내에 아무도 없었기 때문이었다.

아무튼 이제 겨울의 문턱으로 들어서서 날로 추워지는 날씨 속에, 태호는 이날 아침 사전 스케줄대로 움직이기 시작했다.

이날 태호는 사전 스케줄대로 청주 공단과 군산 공단을 방문하기로 하고 아침 일찍 청주를 향해 출발했다.

이 시찰에는 반도체 및 컴퓨터 부사장 테드 호프와 전자 부문 사장 설천량, 자동차 보좌역 카를로스 곤, 자동차 부사장 윤준오, 건설 사장 강동철 외에 정 비서실장과 경호원, 통역 등 평소 수행원들이 동행하고 있어, 7대의 차량이 열을 지어 고속도로를 달리고 있었다.

그런데 이 고속도로는 태호가 늘 이용하던 경부고속도로가 아니었다. 어제 개통한 중부고속도로를 이용하고 있는 것이다. 이 고속도로의 특징은 시멘트콘크리트 포장이라는 데 있었다.

승차감은 좀 떨어지는 4차선 콘크리트 포장도로를 빠른 속도로 내달린 태호 일행은 새로 생긴 오창 IC로 진입했다. 그러자 채 5분도 달리지 않아 거대한 공단의 모습이 드러나기 시작했다.

아직도 수백 대의 중장비들이 쉴 새 없이 움직이고 있었다.

일부는 덤프트럭에 흙을 퍼 담고, 일부 중장비는 지반침하를 방지하기 위해 땅에 파일을 박고 있었다. 또 일부는 도로를 내고 그 옆에 상하 수도관과 통신 설비를 묻느라 분주하게 움직이고 있었다.

또 이 모든 것이 끝난 곳은 포장을 하고 공장을 지어 올리고 있었다.

뿐만 아니었다. 녹지에 둘러싸인 사원과 종업원들의 살림과 기숙사용 아파트가 하늘 높은 줄 모르고 올라가는 중이고, 일부는 벌써 준공이 되어 사람이 살고 있는지, 외부에 에어컨 실외기 모습과 함께 빨래가 널린 모습도 보이고 있었다.

또 그 뒤에는 2층 높이의 공장들이 줄지어 끝없이 그 위용을 드러내고 있었다.

이는 낮과 밤을 모르는 부지런한 한국인들의 빨리빨리 문화가 빚어놓은 경이의 산물이었다. 이 빨리빨리 문화와 세계에서 제일 부지런한 한국인의 근면성을 이용하여 공장도 속성으로 지어졌다.

축조하기 쉬운 통 블록과 조립식 지붕재를 이용하여 지은까닭에 비록 보온성은 떨어졌지만, 하루가 아쉬운 태호로서는 어쩔 수 없는 선택이었다.

아무튼 태호가 아직 조성되고 있는 공단 현장 소장 임진묵의 브리핑을 받고 있는 동안, 사전 연락을 받은 두 명이나타났다.

곧 삼원 측 전자 파트너인 휴렛팩커드사의 현장 주재 임원과 히타치 측 임원이었다. 휴렛팩커드 측은 마크 로라(Mark

Rola)라는 극동 담당이사였고, 히타치 측은 가네하라 카즈오 이사였다.

태호는 곧 그들과 반갑게 인사를 나누고 공장 안내를 부탁했다. 그러자 두 사람이 자신이 먼저 안내하겠다고 실랑이를 벌였다. 이에 태호는 주머니에서 백 원짜리 동전을 꺼내 그림이 나오면 휴렛팩커드 측이, 숫자가 나오면 히타치 측이 먼저 안내하기로 약정을 하고, 태호 스스로가 하늘 높이 동전을 던졌다.

곧 땅에 떨어져 팽그르르 몇 바퀴 돈 동전이 땅에 안착했다.

우와!

두 주먹을 불끈 쥐고 함성을 지르는 이 히타치의 가네하라 카즈오 이사였다. 이때였다.

"늦었습니다."

한마디와 함께 등장하는 인물이 있었다. 청주 전자 공장을 총괄하고 있는 부사장 김준무(金俊武)였다. 이 사람이야말로 정말 특이한 이력의 소유자였다.

1965년에 독일 광부로 파견된 김준무는 3년간의 의무 종사 기간을 마친 뒤 이듬해인 69년 네덜란드 필립스(Philips)사에 입사해, 10년 만에 이사에 오른 뒤 상무이사로 퇴직한 입지전적인 인물이었다.

이후 그는 한국이 그리워 한국에 살 결심을 하고 부인과 함께 한국에 영구 귀국 한 후, 신생 기업 삼원전자에 문을 두드린 결과 태호에 의해 전무로 특채되었고, 올 8월에는 하나의 큰 공을 세워 부사장으로 특별 승진 해, 청주공장 전자 부문을 총괄하게 되었다.

그가 세운 공은 다름 아닌 필립스와 일본 소니가 공동 연구 하기로 한 DVD(Digital Versatile Disc)개발 프로젝트에, 삼원 측도 15%의 지분으로 함께 참여할 수 있게 한 것이다. 물론 이는 그의 안면을 이용해 필립스 측에 적극 구애한 까닭이었다.

아무튼 그의 뒤늦은 출현에도 태호는 넉넉한 미소를 지으며 말했다.

"자, 함께 안내를 부탁합니다."

"네, 회장님!"

곧 김준무와 가네하라 카즈오의 안내로 일행은 히타치 합작 공장부터 순시하기 시작했다.

이들이 처음 일행을 안내한 곳은 컬러 TV 조립 공장이었다. 에어샤워 후 공장에 들어선 태호는 우선 전체 공정을 살펴보았다.

척 보니 라인별로 세 공정으로 나누어 진행이 되고 있었다. 첫째 조립 구간, 둘째 완제품이 된 TV의 성능 테스트 구간, 끝으로 합격된 제품을 포장하는 구간으로 대별되어 있었다.

태호는 이제 각 구간을 자세히 살펴보기 시작했다. 과히 길지 않은 30m 컨베이어 라인에 각종 부품들이 차례로 조립되어, 갈수록 TV 형체를 갖추어가고 있는 모습이 우선 눈에 들어왔다.

그런데 그 방식이 고전적인 방식인 Conveyor의 Go—Stop, Slow—go 운반 시스템 공정이 아닌, 컴퓨터 공장에서 태호가 대안을 제시한 Just in time 방식으로 운용되고 있어 그를 아주 기쁘게 했다.

훗날 안 일이지만 선발 주자 삼성전자도 아직 이 시스템을 적용하지 않고 있었다. 아무튼 흐뭇한 미소로 이를 지켜보던 태호는 이제 자신의 시계를 들여다보며 몇 초에 하나의 완제품이 탄생하나 시간을 재기 시작했다.

그 결과 또한 만족스러웠다. 여타 타 회사의 공장은 통상 1분에 한 대씩 생산되는 것으로 알고 있는데, 이곳은 그 배의 속도인 30초에 한 대씩을 쏟아내고 있었기 때문이었다.

"좋아!"

크게 찬탄한 태호의 시선이 이번에는 성능 테스트 현장을 거쳐 포장반에 이르자 절로 눈살이 찌푸려졌다. 포장을 일일이 수작업으로 하고 있어 속도가 기대치보다 느렸기 때문이었다.

그러나 전체적으로 보면 상당히 만족스러웠기 때문에 태호가 미소를 띠고 김 부사장에게 물었다.

"애로 사항은 없습니까?"

"모델 체인지 시 병목 현상(Bottleneck)이 발생하고 있어, 시정하려 하나 쉽지 않습니다."

"흐흠……! 그보다는 저 포장 라인을 보다 자동화시키면 어떻겠습니까?"

"장차는 그렇게 해야겠지만 아직은 한국의 인건비가 싸기 때문에, 크게 원가에 부담이 되지는 않습니다."

가네하라 카즈오 이사의 말에 태호가 또 물었다.

"부품 재고는 며칠분을 확보하고 있습니까?"

"2주 치입니다."

김 부사장의 답변에 태호가 시선을 카즈오 이사에게 던지며 말했다.

"너무 짧은 것 같습니다. 기상이변이라든지 예상치 못한 재해에 대비해 최소 3주 물량은 확보하고 있는 게 좋겠습니다."

카즈오 이사가 답변을 했다.

"아직은 창고가 충분치 않아 그렇지만 장래는 그렇게 하도록 하겠습니다."

"만족하십니까?"

"매우 만족합니다. 확실히 한국인의 손재주와 부지런함은 놀랍습니다. 그런데 문제도 있습니다."

"그게 뭡니까?"

"정시에 시작도 못하면서 15분 전이면 청소를 시작하는 관행입니다. 일본은 이렇지 않습니다. 모든 준비를 마치고 작업 라인에 서 있다가 정시가 되는 그 순간부터 작업이 시작되고, 작업 종료 벨이 울려야 그때부터 청소가 시작됩니다."

"들었지요?"

태호가 바로 시선을 옮겨 묻자 김 부사장이 답변했다.

"시정하겠습니다."

"좋습니다. 자, 다음 공장으로 가보실까요?"

이렇게 시작된 순시가 라디오, 흑백 TV, 냉장고, 세탁기, 전자레인지, VCR, 오디오 등 총 7종의 가전제품 분야 공장을 돌아보는 것으로 끝이 났다. 이 공장들 역시 컬러 TV 공장처럼 만족감을 주었지만, 산업 기기 분야인 유압기기 및 펌프와 엘리베이터 공장은 아직 준공되지 않아 아쉬움을 주었다.

이후 태호 일행은 늦은 점심 식사를 마치고 오후부터는 휴렛팩커드 측의 쌍안경, 망원경, 현미경, 카메라 등 4종, 사무기기 분야에서는 팩시밀리, 복사기, 계산기 등 3종, 총 7종의 공장 순시를 마치고 나니, 해가 이미 서산에 기울고 있었다.

이 공장들 역시 만족스러웠으나 아직 전압계, 신호 발생기, 주파수 계산기, 온도계, 표준시계와 같은 전자 계측기 분야의 제품 공장이 들어서지 못한 것은 아쉬움으로 남았다.

이날 저녁.

태호는 사전에 통보한 대로 청주공장에 근무 중인 임원이상의 간부들을 모두 은성관광호텔로 불러 만찬을 베풀고 술자리를 가졌다.

그리고 만찬이 끝날 무렵에는 김 부사장에게 일천만 원이든 금일봉을 전달해 주임 이상의 전 간부들과 회식 모임을 한번 가질 수 있도록 했다. 그리고 태호는 회식이 끝나자 전자 부문 사장 설천량과 김준무 부사장만을 자신의 방으로 불러들였다.

둘과 테이블에 마주 앉은 태호가 설천량에게 시선을 주고 물었다.

"내가 전에 한번 부품을 국산화할 연구소 설립에 대해 운을 뗀 것으로 아는데, 이는 어떻게 되어 가고 있습니까?"

"태스크포스를 꾸려 일부 연구원을 모집했으나 아직 연구소 개소까지는 이르지 못하고 있습니다."

이맛살을 찌푸린 태호가 말했다.

"그래서는 안 되죠. 우리가 맨날 남의 하청 노릇이나 해서야 되겠습니까? 빠른 시일 내에 연구소를 설립해 가장 핵심적인 부품부터 국산화를 이룩해야 합니다. 물론 품질이 결코 선진 업체에 뒤져서는, 만드나 마나이니 품질에 신경을 써야 하고요. 알겠습니까?"

"네, 회장님!"

"부사장님도 내 말에 신경을 써 청주에 자체 연구소를 설립하도록 하세요."

"네, 회장님!"

"내 이야기는 여기까지입니다."

"편히 주무십시오."

"네."

곧 두 사람이 나가자 태호는 욕실로 향했다. 이렇게 청주에서 하룻밤을 보낸 태호는 다음 날 새벽 일찍 군산으로 출발했다. 일행이 호남고속도로를 거쳐 군산의 공단에 도착하니, 중장비들이 토해내는 굉음과 줄지어 선 공장의 모습이 일행 모두를 놀라게 했다.

이곳 역시 경이의 속도전이 벌어져 처음 공단으로 지정된 곳은 공단 조성이 완료되어 있는 것은 물론 공장까지 모두 세워져 있었다. 이런 데는 몇 가지 요인이 있었다.

기존 공단을 조성하던 장비와 인력에, 강남 사옥을 짓던 장비와 인력이 그곳 일이 끝나자마자 모두 순차적으로 이곳으로 옮겨 왔고, 준공까지 필한 서귀포호텔의 인력과 장비까지 총동원되어 공단 조성에 매진했기 때문이었다.

따라서 지금 공단이 조성되는 곳은 추가적으로 지정된 공단인 것이다. 아무튼 태호는 비서실의 사전 통보에 따라 대기하고 있던 크라이슬러사의 밥 루츠(Bob Lutz)와 미스비시의 아이카와 데츠로(相川哲郎) 두 부사장의 안내를 받으며 차체 생산 공장으로 들어섰다.

일단 공장으로 들어서니 일반 주택 3층에 해당하는 높은 천장 높이에 모두 압도당하고, 쉴 새 없이 쿵쿵거리는 프레스의 소음에 귀가 먹먹해졌다. 이런 상태이니 옆 사람과의 대화는 도저히 불가능한 상태였다.

그래도 태호가 눈을 들어 천장을 바라보니, 공장을 가로지르다시피 움직이는 대형 크레인이 입고된 강판 코일을 세정(洗淨) 공정에 운반해 주면, 그곳에서는 철판에 묻은 기름이나 여타 불순물을 제거하는 작업을 하고 있었다.

이후 이 강판 코일은 교정을 거쳐 성형할 수 있는 패널 크기로 블랭킹(Blanking)되고, 이후, 성형(Draw), 자르기(Trim), 구부리기(Flange) 등의 여러 작업 순서를 거쳐 하나의 차체로 완성되고 있었다.

이 공정 대부분이 유압 또는 기계식 프레스와 금형이 동

원되어 차체를 만드는 과정이라 그 소음이 굉장했다. 태호가
그 와중에도 작업자들을 확인해 보니 모두 귀마개를 착용하
고 있어 그를 안도케 했다.

제2장
삼원항공 Ⅰ

소음 대문에 대화를 나눌 형편도 안 되어 빠르게 전 공정
을 훑어보고 밖으로 나온 태호는 안내하는 대로 다음 공장
으로 넘어갔다.

다음은 차량의 골격을 만드는 공정이었다.

프레스 금형으로 성형된 패널을 위치 선정을 위해 지그로
고정하고, 전기 저항점 용접, CO_2 용접, 레이저 용접, 접착
제 등의 다양한 접합 공정과 수밀 및 소음 차단을 위해 실
런트를 도포하는 공정을 거쳐 패널을 조립하고, 조립된 패
널로 차체 골격을 만들고 정도를 검사하는 검사 공정을 통

과하여, 도어, 후드, 트렁크 리드 등을 차체 골격에 장착하는 과정으로 이루어져 있었다.

이곳 시찰이 끝나자 안내를 맡은 두 사람은 탈의실로 일행을 안내했다.

안내대로 탈의실로 들어온 일행은 이곳에서 양복을 벗고 우주복 같은 작업복으로 모두 갈아입고, 방진 마스크까지 얼굴에 착용하고 나서야, 다음 공장의 문을 열고 들어갈 수 있었다.

물론 이 과정에서 에어샤워기도 통과해야 했다.

아무튼 다음 공장의 문을 열고 안으로 들어서는 순간, 태호는 페인트 특유의 냄새와 성분, 여기에 시너 냄새 때문에 눈이 따가운 느낌과 함께 표현할 수 없는 이상한 기분이 들었다.

그래도 작업하는 사람도 있는데 잠깐 살펴봄에도 이러면 안 되지 하는 생각으로 태호는 전 공정을 주마간산 격으로 빠르게 훑기 시작했다.

방청을 주목적으로 하는 전처리 공정, 균일하게 도장하여 차체의 부식을 방지하는 전착(電着)도장 공정, 보디와 패널이 겹치는 부분 등에 실러(Sealer)를 도포하는 실러 공정, 차체 바닥이나 도어 내부에 언더 코팅을 하여 주행 시 소음과 진동을 감소시키는 언더 코팅 공정.

상도의 질을 높이기 위한 중간 칠 작업인 중도(中塗) 공정, 차체 표면의 미관과 색채감의 외관 품질을 결정하는 상도(上塗) 공정, 그리고 조립 공정에서 긁힘 등의 상처가 생겼을 경우 이를 부분적으로 마무리하는 공정까지 태호는 빠르게 훑어보았다.

이 과정에서 특이한 것은 페인트를 분사하는 장면이었다. 우주복 같은 옷을 입고 방진 마스크까지 쓴 작업자들이, 대형 지그에 걸려오는 차체에 페인트를 분사하는데, 그 벽면에는 물이 계속 흘러 미세한 입자를 잡아주고 있는 광경이었다.

곧 밖으로 나온 태호 일행은 다시 탈의실로 돌아가 작업복을 벗고 모두 원래의 옷으로 갈아입었다.

그리고 밖으로 나온 태호가 대뜸 누구를 지칭하지 않고 물었다.

"문제점은 없소?"

"……"

한동안 시간이 흘러도 입을 꼭 닫고 아무도 입을 여는 사람이 없었다. 이에 민망했던지 윤준오 부사장이 말했다.

"개인적으로 찾아뵙고 말씀드리고 싶습니다."

"좋소. 이곳의 나머지 공정은 다음에 보기로 하고, 이제 지프 부품 공장으로 가봅시다."

"네, 모시겠습니다."

안내를 자청한 사람은 윤준오였다. 두 사람이 여기서 물러났기 때문이었다.

밥 루츠와 아이카와 데츠로 부사장은 이제 관계가 없기 때문에 빠진 것이다.

아무튼 일행은 곧 윤준오 부사장의 안내로 이차선 도로를 가로질러 다음 블록을 향해 갔다.

이때 곁에 붙어 걷고 있던 윤 부사장이 입을 떼었다.

"아까 회장님이 제기한 문제점에 대해 말씀드리고자 합니다."

"좋아요. 말씀하세요."

"제가 듣기로 지금 우리가 사용하고 있는 강판이 300~600Mpa급의 고장력 강판이라 합니다. 그런데 이것은 이제 한물 갔고, 앞으로는 1,000Mpa 이상의 초고장력 강판의 사용량이 증가될 것이기 때문에, 이에 따른 성형 기술을 확보하는 것이 관건이라 했습니다."

"그동안 많이 배웠습니다."

태호의 말에 주변을 흘깃 돌아본 윤 부사장이 말했다.

"밥 루츠에게 기회 있을 때마다 술을 사주고 귀동냥한 것입니다."

"밥 루츠가 술을 좋아하는 모양이군요."

"애주가에 고래입니다. 아마 회장님과 견주면 볼만할 겁니다."

"그래요? 언제 그자와 대작을 해보아야겠군."

미소를 띤 윤 부사장의 말이 이어졌다.

"또 하나 그에게 들은 바로는 아직은 한국의 인건비가 싸서 괜찮지만, 차체 공장은 로봇 및 자동 운반 장치 등을 활용하여, 높은 자동화율과 생산성을 확보하지 않으면 세월이 갈수록 힘들어질 것이라 했습니다. 또 앞으로는 대량생산할 수 있는 방식보다는 적정 생산 규모를 유지하면서, 보다 많은 차종을 투입할 수 있는 유연성 확보가 중요하다고도 했습니다."

"좋습니다. 그의 충고대로 사전 준비를 철저히 하도록 합시다."

"네, 회장님!"

곧 일행은 윤 부사장의 안내로 미국에서 옮겨온 설비에 의해 각종 부품을 생산하는 공장들을 차례로 둘러보았다.

그 시간이 점심을 먹고 오후 5시까지 이어졌지만 다 돌아볼 수 없을 정도로 부품 공장이 많았다.

그래서 태호는 다음 날도 이 일정을 계속했지만, 끝내 소형 승용차는 물론 버스, 트럭, 작은 트랙터 조립 라인, 그 어느 것도 볼 수 없어 아쉬움을 삼켜야 했다.

제2공단에 이제 막 공장이 지어지고 있었던 까닭이었다.

아무튼 어제 이곳 간부들에게 만찬을 베풀어준 태호는 좀 늦었지만 서울로 돌아가기로 하고 두 사람을 저녁 식사 자리에 불렀다.

곧 윤준오와 카를로스 곤 두 사람이었다.

위 두 사람 외에 정 비서실장과 강동철 건설 사장만 배석시킨 채 밀실에서 대좌한 태호가 곧 엄숙한 표정으로 입을 떼었다.

"자동차 분야도 마찬가지입니다. 우리가 남의 밑만 닦을 수는 없는 노릇 아닙니까? 비록 지프 공장이 있지만 승용차는 물론 버스 트럭에 이르기까지 하루 빨리 자체 브랜드를 가져야 합니다. 그렇게 하자면 무엇이 가장 중요하겠습니까? 부품 소재 기술의 확보 없이는 평생 하청 신세일 것이니, 서둘러 자동차 부설 연구소부터 설립하고, 중요 부품부터 생산 기술을 확보하십시오. 따라서 강 사장은 지프 조립 공장 건설이 끝나는 대로 연구소 건물부터 짓되 쾌적한 환경을 조성해 주시기 바랍니다. 알겠습니까?"

"네, 회장님!"

일동 모두가 이구동성으로 답하자 미소를 띤 태호가 카를로스 곤에게 시선을 주고 말했다.

"당신이 자동차 연구소의 소장을 맡아 이 일을 해내시오."

"문외한인 제가요?"

"나는 당신의 능력을 믿소."

태호의 말에 잠시 갈등하던 곤이 입술을 깨물며 굳은 얼굴로 답했다.

"좋습니다. 제가 한번 일 내보겠습니다."

"하하하! 그 패기가 좋소!"

크게 칭찬한 태호는 곧 술을 차례로 따라주더니 자신의 잔에도 스스로 가득 따라 잔을 치켜들었다.

"우리 모두 합심해 이 땅에 세계 제1의 자동차 왕국을 건설해 봅시다. 위하여!"

"위하여!"

곧 단숨에 소주잔을 입에 털어 넣은 곤도 한국식 술 문화대로, 다 마신 잔을 머리에 털어 보임으로써 일행의 웃음을 자아내게 했다.

"하하하!"

이렇게 화기애애한 분위기 속에서 저녁 식사까지 마친 태호는 윤 부사장도 군산에 상근을 명하고 서울로 향했다.

＊   ＊   ＊

일을 마친 태호가 집에 도착했다. 벽시계를 바라보니 11시

5분 전이었다.

이 광경을 지금껏 안 자고 거실 소파에 앉아 TV를 보고 있던 효주가 보고 말했다.

"왜, 약속 시간 지켰나 확인해 보는 거예요?"

"음. 5분 전이잖아."

두 사람이 이런 대화를 나누는 데는 곡절이 있었다. 군산 출장까지는 알고 있는 효주였지만, 오늘이 토요일이라 점심 시간이 지나자 호출이 오기 시작했다.

이에 늦은 점심을 먹으며 태호는 밤 11시까지 도착할 것을 약속했던 것이다.

아무튼 태호가 겨우 5분 전 11시에 들어와서 생색을 내는 것이 못마땅한지 효주가 말했다.

"됐어요. 어서 씻고 주무세요."

"당신은 안 자?"

"보던 이 프로나 마저 보고요."

"그러다 야행성 되는 거 아니야? 점점 아침에 일어나기를 힘들어하는 걸 보면 말이야."

"걱정 말아요. 그렇게는 안 될 테니까요. 그보다 준공 검사도 끝났다면서 서귀포 호텔은 언제 문 열 거예요?"

"당신이 애 낳고 나서 참석할 수 있을 때까지 기다릴 참인데?"

"그게 사업가로서 할 얘기예요? 하루라도 빨리 문 열어 돈을 벌어야지요. 다른 때는 안 그러던 사람이 이번 건은⋯⋯."

"당신의 마음에 들어야 하고, 또 당신이 그렇게 정성을 쏟은 곳인데, 참석치 않으면 서운할 것 같아서 말이야."

"괜찮으니 당신이 직접 한번 확인해 보고, 큰 이상 없으면 개관하는 것으로 하세요."

"알았소. 그렇게 하는 것으로 합시다. 됐지?"

"호호호! 네. 그런데 당신 아세요?"

"뭘?"

"요즘 들어 점점 더 내 눈치를 보는 것 같아요."

"심기 경호라는 말 들어봤어?"

"좋아요. 나를 위한 배려라고 생각할게요. 그래도 나는 당신이 내 눈치 안 보고 매사 자신 있게 처리하는 게 좋더라. 그 매력 때문에 당신에게 끌렸고."

"알았으니 아기 낳고 나면 각오하세요."

"네, 얼마든지요. 참, 당신 참을 만하세요?"

"아니, 힘들어. 요즈음은 치마만 두른 사람이면 다 여자로 보여 큰일 났어. 할머니까지도."

"그러면 안 되지요. 사고 치기 전에 오늘은 내 특별 서비스를 해드릴게요."

"좋았어. 빨리 샤워하고 나올게."

"천천히 해도 돼요. 이 프로 다 보고 들어갈 테니까요."

"알았어."

대답은 그렇게 했지만 태호는 들뜬 태도로 급히 욕실로 향했다. 오늘따라 내부 욕실 놔두고 거실에 있는 욕실로. 그러자 효주가 빽 소리 질렀다.

"누구와 마주치기라도 하면 어쩌려고 그곳으로 가요?"

"알았소. 마음이 급하다 보니……."

말을 하며 이미 벨트까지 푼 바지를 추스르며 태호는 급히 부부 침실인 안방으로 향했다.

*   *   *

다음 날 태호는 바로 제주행 비행기에 올랐다. 그리고 점검을 마치고 큰 이상이 없자 바로 개관 날짜를 잡았다.

12월 10일 목요일이었다.

정부 고관이나 기타 요인들을 초대하려면 토요일이 좋으나, 이번에는 그럴 필요조차 없어 하루라도 빨리 문을 열기 위해 10일로 날을 잡은 것이다.

그 이유는 다음 주 수요일인 12월 16일 날이 제13대 대통령 선거일이기 때문에 초청해도 올 사람이 없기 때문이었다.

모두 선거에 동원되어 이럴 때는 고양이 손이라도 빌리려 하는 저들이기 때문이었다.

아무튼 외부 손님으로는 제주 지사와 국회의원들만 참석한 개관식에 태호는 특별 손님을 모셨다. 아니, 특별 손님이라면 어폐가 있고, 부모님과 할머니까지 비행기 편으로 모신 것이다.

부모님이야 아직 젊으니 그렇다 쳐도, 할머니는 꼭 돌아가시기 전에 비행기를 태워 드리고 싶어 이번 기회에 모신 것이다.

다행히 할머니는 멀미도 없고 전혀 무서워하지도 않으셔서 가족들을 안도케 했다.

아무튼 태호는 부모님은 물론 할머니까지도 최고 시설을 자랑하는 스위트룸에 모셨으되, 부모님과는 별개로 할머니는 자신이 모시고 잤다.

모처럼 부모님도 이런 호화로운 곳에서 꼭 껴안고 주무시라는 나름의 배려였던 것이다.

그리고 다음 날 태호는 손수 운전대를 잡고 세 분을 모시고 제주도 일대 관광을 시켜 드렸다.

이 과정에서 6·25 직후인가 끝나기 전인가, 아무튼 제주도에서 훈련을 받으셨다는 아버지는 상전벽해로 변해 버린 제주도 풍경에 몇 번이고 놀라움을 감추지 못하셨다.

모처럼 망중한을 즐긴 태호는 저녁나절 세 분을 모시고 다시 서울로 돌아와, 논현동 경순네 집에서 일박을 시켜 드렸다.

마음이야 자신의 집으로 모시고 싶었지만, 이제 산일이 채 3주도 안 남은 효주를 배려해 딸네 집으로 모셔다 드린 것이다.

그리고 다음 날은 경호원들을 시켜 세 분을 고향 집까지 모셔다드리는 것으로 대미를 장식했다.

유신헌법 이후 처음으로 1987년 12월 16일 국민의 직접선거로 치러진 제13대 대통령 선거(第十三代大統領選擧)는 국민들의 뜨거운 열망만큼이나 높은 투표율을 기록했다.

전국 평균 투표율 89.2%로, '나 보통 사람이에요!'라며 전국을 누비고 다닌 민주정의당 노태우 후보가 득표율 36.6%로 1위를 기록한 것이다. 통일민주당의 김영삼 후보가 득표율 28%로 2위, 평화민주당의 김대중 후보가 득표율 27%로 3위, 신민주공화당의 김종필 후보가 득표율 8%로 4위를 기록했다.

이에 따라 노태우 당선자가 임기 5년의 제13대 대통령으로 당선되어 이듬해 2월 25일 취임함으로써 제6공화국을 출범시키게 되는 것이다. 아무튼 이 선거에서 만약 김영삼, 김대중 후보가 단일화했다면 군부 정권이 5년 연장되는 일은 없었을 것이다.

어찌 되었든 노태우의 당선은 확정되었고 태호 또한 축하 전화를 하지 않을 수 없었다.

수많은 축하 전화 속에서도 태호의 전화는 노태우 당선자가 직접 받았다.

"축하드립니다, 각하!"

"하하하! 각하라니요? 아직 이릅니다, 일러. 전 통이 들으면 매우 섭섭해할 겁니다."

"각하도 전 통이라 부릅니까?"

"시중에서는 그렇게 부르지 않아요? 하하하!"

"다시 한번 축하드립니다."

"고마워요. 조만간 우리 밥 한 끼 먹읍시다."

"전화 기다리겠습니다. 각하!"

"그래요. 조만간 우리 한번 봅시다."

"네."

이것으로 두 사람의 통화는 끝났지만 두 사람의 통화 내용도 모두 도청해 듣고 있던 안기부의 보고에 의해, 전두환은 처음으로 노태우에 대한 회의적인 생각을 가졌다.

아무튼 이렇게 또 한 해가 저물고 1988년 새해가 밝았다. 이때까지만 해도 우리 민족의 고유 명절인 설은 하루만 쉬고, 신정은 3일을 쉼에 따라 1, 2, 3일이 모두 휴일인 새해

첫날 1월 1일 오후였다.

신정 과세, 신정 과세. 정부에서 외치는 말에 따라 관공서의 공무원은 물론 정부의 눈치를 보지 않을 수 없는 대기업도 이에 따라 3일 휴무를 갖고 실제로도 신정을 쇠는 풍토 속에, 태호도 어쩔 수 없이 설을 쇠기 위해 고향 집에 내려와 있었다.

그러나 함께해야 할 효주는 내려오지 않았다. 오는 10일이 예정이라 정말 배가 남산만큼 불러왔기 때문이었다. 아무튼 태호가 성묘를 끝내고 늦은 점심을 들려는데 갑자기 전화벨이 울렸다.

이에 어머니가 조기 뼈를 바르다 말고 급히 생선살이 묻은 손으로 엉거주춤 전화기를 집어 들었다.

"여보세요?"

어머니의 표정이 시시각각 변하고 있었다.

"네? 우리 아기가요? 크, 큰일 났네. 신정이라 병원도 모두 문을 닫았을 텐데, 이걸 어쩌나? 알았어요."

"어머니, 뭡니까?"

"네 처가 아이를 낳을 모양이다."

"네? 예정일이 10일인데?"

"낸들 아니?"

약간은 화가 난 듯한 어머니의 중얼거림이 이어졌다.

"정초부터 기어 나오는 걸 보니, 계집앤가 보다."

"무슨 얘기예요?"

"사내애들은 달라. 진득하니 참지. 계집애나 그새를 못 참아 기어 나오는 거지."

어머니의 말에 어이없는 표정을 짓던 태호가 이럴 때가 아니라는 생각에 일어서며 물었다.

"병원에 갔대요?"

"병원은 무슨? 가정부인데, 진통이 막 시작되어 전화 거는 거란다. 다행히 양수는 안 터진 모양이다만."

어머니의 말이 끝나자마자 태호는 허겁지겁 집으로 전화를 걸었다.

곧 가정부가 전화를 받았다.

"안식구 좀 바꿔줘 봐요."

─방금 경호원들과 병원으로 떠났습니다.

"어느 병원입니까?"

─그건… 잘 모르겠습니다.

"알았어요."

모르겠다는 말에 그녀의 잘못도 아닌데 퉁명스럽게 전화를 끊은 태호가 어머니에게 말했다.

"아무래도 안 되겠어요. 올라가 봐야겠어요."

"나도 가자."

"어머니가 가봐야……."

"미역국이라도 끓여 줘야지. 그리고 며느리가 손주를 낳는데 시어머니가 얼굴도 안 비쳐봐라. 얼마나 서운하겠니."

"아, 알았어요. 얼른 준비하세요. 아, 이럴 때가 아니다."

태호는 또다시 집으로 전화를 걸었다. 그러나 가정부는 역시 어느 병원으로 갔는지 모르고 있었다. 그래도 태호는 내심 다행이라 생각하고 있었다.

만약 가정부와 경호원들이 음력설을 쉰다고 집에 남아 있지 않았더라면, 보다 아찔한 상황이 연출되었을 것이다. 아무튼 태호의 성화에 어머니는 분도 못 찍어 바르고 차에 올랐다.

차는 곧 서울을 향해 급발진했고, 초조한 마음에 태호는 몇 번이고 카폰을 통해 집과 처갓집에 전화를 걸게 했으나 통화 자체가 되지 않았다.

그러던 것이 약 2시간 만에 서울 접경에 들어서니 드디어 통화 연결이 되었다.

"회장님! 명예회장님 댁입니다."

태호는 앞 의자로 반쯤 넘어가 상체가 남석민 경호원이 넘겨주는 카폰을 받으며 물었다.

"누구요?"

─김천 댁입니다.

가정부의 이름이었다.

"알았소. 여보세요."

―네, 회장님!

"어느 병원으로 갔소?"

―평소 사모님이 주로 다니시던 강남에 있는 오 산부인과 라네요.

"신정인데 그 병원은 안 쉬나?"

지나가는 말처럼 묻는 말에도 김천댁은 열심히 설명했다.

―사모님께서 병원에 전화를 걸어 원장 나오라고 호통치는 걸 옆에서 들었어요.

"그럼, 나왔겠군. 하면 장모님도 병원에 가셨겠는데요?"

―물론이죠. 전화 끊자마자 바로 출발하셨어요.

"명예회장님은?"

―그런데 가실 분이 아니시죠. 집에 계세요.

"알았소. 끊습니다."

―네, 네!

태호는 어머니 곁에 있는 윤정민 차장에게 물었다.

"윤 차장님, 강남 오 산부인과 알아요?"

"네, 회장님! 장 과장으로부터 들은 적이 있어요."

"그쪽으로 갑시다."

"네, 회장님!"

곧 윤 차장이 운전을 하고 있는 경호원에게 자세히 산부인과 위치를 설명하기 시작했다. 그러는 동안 어머니가 태호에게 물었다.

"병원에 갔다는 거지?"

"네, 어머니!"

차는 더욱 속도를 내 달리기 시작했다. 그러나 초조한 태호가 보기에는 계속 제자리걸음만 하고 있는 느낌이었다.

그러나 태호의 마음과 달리 신정이라 한적한 도로를 차는 빠른 속도로 내달리고 있었다.

그렇게 30분을 더 달리자 차는 오 산부인과 앞 도로변에 멎었고 태호는 차가 서자마자 뛰어내리다시피 차에서 내렸다.

그러자 윤정민 차장이 어머니를 부축해 내리고, 어머니의 속도에 맞추어 천천히 병원으로 향했다.

1층 원무과에서 효주의 병실을 알아낸 태호는 높게 걸린 엘리베이터를 힐끔 보고는 그대로 계단을 달려 올라가기 시작했다.

그렇게 3층 복도에 도착한 태호는 숨을 몰아쉬며, 하나하나 병실 호수를 확인하며 전진했다. 그러다 305호실로 문을 열고 들어갔다.

그곳엔 장모님이 있었다.

"왔는가?"

어투부터 평소와는 다른 박 여사의 말이었지만 효주의 안위가 궁금한 그로서는 그런 것에 신경 쓸 겨를 없이 물었다.

"안식구는요?"

"저 안에 있지만, 조금 있다 들어가게."

"왜요?"

"수술 후유증으로 아직 온전하지 않아."

"수술요?"

"촉진제를 맞고 애를 써도 안 되고, 하여튼 그냥은 낳을 수 없다고 해서 제왕절개인가, 뭔 수술을 해서 아직 움직이지도 못한다네."

"깨어나긴 한 겁니까?"

"반신 마취를 해서 정신은 온전하지."

"그런데……."

더 이상 묻지 않아도 무엇을 물으려는지 안 박 여사가 즉각 대답했다.

"딸일세. 많이 서운하겠지만 어쩌겠나? 인력으로 할 수 있는 일이 아닌 것을."

사실 태호도 태어날 아기가 딸인 줄은 태어나기 전부터 예상했었다.

당시만 해도 아들 선호 사상이 너무 강하기 때문에 초음

파 검사로 성별을 안 많은 여인들이 딸이면 아이를 지워 버리는 일이 많았다.

그래서 이것이 사회 문제화되자 정부에서는 의사가 배 속 아기의 성별을 알려주는 것을 엄금했다.

심하면 의사 면허까지 취소할 정도로 강력한 법을 시행하니, 성별을 알려줄 수는 없는 일이었다.

그러나 아내에게만은 병원장이 모호하지만 딸이라는 것을 암시한 것 같았다.

그래서 아내도 딸일 것이라 넌지시 태호에게 말한 적이 있었다.

아무튼 태호가 또 물었다.

"아기는……?"

"저 방 안에서 간호원이 돌보고 있으니 걱정 말게. 아직은 들어가 볼 수도 없으니."

"아내한테도요?"

"아직 경과를 체크 중이니 그쪽도 마찬가지야."

이때 윤 차장과 함께 어머니가 들어왔으므로 태호는 슬그머니 밖으로 나왔다.

곧 병원 복도에 놓인 재떨이 앞에 선 태호는 담배 한 개비를 꺼내 불을 붙였다.

태호는 담배를 깊게 빨아들였다 힘껏 내뿜었다.

"후우!"

햇빛을 받아 보라색으로 빛나는 연기가 꿈틀꿈틀 제멋대로 그림을 그렸다.

제3장
삼원항공 Ⅱ

효주가 있는 곳은 특실로 방이 두 개나 있었고 거실도 넓었다.

효주는 어제 병원장의 처방에 의해 하루 종일 금식을 하더니 오늘은 미음을 들기 시작했다. 그리고 병원장의 처방에 의해 걷기를 시작했다. 그런데 이것이 그 누구도 아닌 태호의 담당이 되었다.

친정어머니 박 여사도 병실에 함께 있었지만, 효주는 그녀의 부축을 거절하고 태호의 부축을 받으며 거실을 거닐고 있었던 것이다.

또 미역국이라도 끓여주겠다고 올라온 시어머니는 모든 것을 병원 측에서 제공하니 할 일이 없음을 아시고, 어젯밤에 경순네 집에서 주무시고 오늘 아침에 내려가셨다.

물론 태호가 자신의 집에서 주무실 것을 제안했지만 집 안에 가정부만 있어 썰렁한 데다. 아무래도 딸이 만만하고 편한 모양으로 어머니는 그곳에서 주무시고 내려가신 것이다.

아무튼 태호의 부축을 받으며 천천히 거닐던 효주가 갑자기 한마디 하고는 푹 쓰러졌다.

"아이고, 어지러워!"

"간호원, 간호원!"

태호의 외침에 방 안에서 아기를 돌보고 있던 간호원이 쏜살같이 튀어나와 아기는 박 여사에게 넘겨주며 효주의 상태를 보았다.

"아무래도 수술 과정에서 너무 많은 피를 흘린 관계로… 어서 침대로 모셔주세요. 저는 원장님을 부르겠습니다."

"그러죠."

태호는 곧 의식이 없는 듯한 효주를 급히 안아 들고 방 안 침대에 눕혔다. 그리고 볼을 살짝살짝 때리며 의식을 확인했다.

"나 알아보겠어?"

"알아요. 나쁜 놈이라는 것을."

"뭐?"

"나 애 낳을 동안 어디 가 있었어요?"

"몰라서 물어? 설 쇠러 고향 집에……."

"흥! 누가 그걸 몰라요? 아무튼 옆에 없었으니 서운했던 거지."

"참 나, 그런 억지가……."

"아이고, 어지러워!"

또 이마를 짚는 효주를 태호는 다급하게 불렀다.

"여보, 여보!"

'흥, 좀 당해봐라!'

효주의 내심이었다.

그러는 동안 간호원과 함께 병원장인지 의사인지가 들어오더니 간호원에게 지시했다.

"얼른 수혈 준비해."

"네, 원장님!"

"회장님은 잠시 나가주시죠."

"괜찮은 겁니까?"

"피가 좀 부족해서 그러니 너무 걱정 마시고 잠시 나가 계세요."

"알겠습니다."

태호는 말과 함께 밖으로 나오니 아기를 어르고 있던 박 여사가 물었다.

"괜찮아?"

"피가 부족해서 수혈을 해야 한답니다."

"그럼, 곧 나아지겠지."

더 다급한 상황도 겪어서인지 하룻밤 사이에 대범해진 박 여사가 태호에게 아기를 건네주며 물었다.

"이름은 지었어?"

"아직 경황이 없어서……."

"알아서 짓고… 아니, 외할아버지가 지었을지도 모르니 잠시 기다려 보시게."

말을 하며 박 여사는 전화기 있는 곳으로 갔다.

그동안 시종 아기에게서 눈길을 떼지 못하고 있던 태호가 중얼거리듯 말했다.

"내 자식이지만 되게 못생겼네. 코도 납작하고……."

"처음에는 다 그래. 좀 시일이 지나야 온전해지지."

박 여사의 말에 태호가 고개를 끄덕이는데 병원장이 밖으로 걸어 나오며 말했다.

"수혈을 받고 나면 많이 좋아질 겁니다. 앞으로도 종종 어지럽다고 해도 너무 걱정 마시고 꼭 걷기 운동을 시키셔야 합니다. 그래야 장기며 모든 것이 빨리 정상으로 돌아오니까요."

"알겠습니다."

"아무리 귀엽더라도 아기 입에 입은 맞추지 마세요?"

'젠장, 귀엽기는… 하마터면 제 어미 잡아먹을 뻔한 년인
데.'

내심 아직 이름도 짓지 않은 아기에게 욕설을 퍼부으며
태호는 그러마 하고 대답했다.

사실 태호는 아내가 정상 분만하기는 어렵다는 것을 전부
터 예견하고 있었다.

전생의 다른 여자와의 경험에 의하면 효주는 보통 여성보
다 질이 좀 작은 편이었기 때문에 정상 분만이 어렵지 않을
까 생각한 것이다.

아무튼 태호가 쓸데없는 생각을 하고 있는데 박 여사가
말했다.

"지으셨대. 수연이라고 수순할 수(粹) 자에 그럴 연(然)이
라고, 나는 무슨 뜻인지 모르겠네."

"변치 말고 순수 그 자체로 일생을 살라는 말이겠지요.
아니면 수(粹) 자에는 아름답다는 뜻도 있으니, 아름다운 모
습으로 평생을 살아가라는 외할아버지의 축원이 담겨 있지
않을까요?"

"내가 볼 때는 자네의 해석이 더 멋진 것 같네. 그렇지, 수

연아?"

어느새 외손녀 가까이 다가와 아직 눈도 제대로 못 뜨는 외손녀와 교감하려 애쓰는 외할머니였다.

*　　　*　　　*

효주는 일주일 만에 퇴원해 집으로 돌아왔다.

그동안 태호는 신정 3일을 빼고도 수시로 병원 출입을 해야 했다.

그런 오늘은 1월 8일 목요일. 태호가 효주와 막 통화를 끝내고 나자 바로 인터폰이 울렸다.

계소연 양의 목소리였다.

—노태우 당선자의 전화입니다. 바꿔 드릴까요?

"음. 얼른 바꿔."

—네.

"네, 전화 바꿨습니다."

—뭔 통화를 그렇게 오래 해요?

"아닙니다."

—아내와 그렇게 오래 통화한단 말이오?

"아기를 낳은 지 얼마 안 돼서……."

—축하하오. 한데 아들이오, 딸이오?

"딸입니다.

─많이 서운하겠습니다.

"저는 딸이 오히려 더 예쁩니다."

─그래요? 거 이상하네. 누구나 아들 갖길 소원하는데. 어쨌거나 좋습니다. 우리 오늘 저녁에 술 한잔할까요?

"시간 되십니까?"

─물론이죠. 그러니 먼저 전화하는 거죠. 나는 김 회장이 더 걱정인데 괜히 나 때문에 스케줄 엉망 되는 건 아닌지……

"아, 아닙니다. 약속 한 건이 있지만, 사 내의 일이므로 다음에 만나면 됩니다."

─그렇다면 다행이고.

"저녁 7시 삼청각 어떻습니까?"

─그보다 요즈음 강남에 물 좋은 곳이 많다면서요?

"아, 그런 곳을 원하신다면, 제가 차를 보내 드릴까요?"

─아니, 그럴 것까지는 없고. 업소만 말해요. 내가 알아서 찾아갈 테니.

"그럼, 텐프로로 오십시오."

─알겠소. 내 시간 맞춰 나가리다.

"이따 뵙겠습니다, 각하!"

─하하하! 그러지 말라도 그러네, 하하하!

저녁 7시 20분.

겨울답지 않게 유난히 포근한 날임에도 실내를 얼마나 데웠는지 반팔만 입고 있으면 딱 맞을 정도로 후끈후끈한 속에 네 사람이 대좌해 있었다.

이번 선거 과정에서 지대한 공을 세운 박철언 보좌관과 노 당선자, 그리고 이쪽 진영은 태호와 정 비서실장이었다. 그동안 몇 순배의 술이 돌았는지 태호 외에 모두 혈색이 좋은 속에 노 당선자가 태호에게 말했다.

"이번 선거 전부터, 아니, 그 전부터죠. 나 노태우 김 회장에게 물심양면으로 많은 도움받은 것 잘 압니다. 하니 나에게 부탁할 말씀 있으면 이 자리에서 하세요."

태호가 망설이지 않고 기다렸다는 듯 답했다.

"우리나라에 여객 항공사 하나가 더 있었으면 합니다."

"항공사……?"

전혀 생각지 못한 발언이었는지 의아한 표정을 짓고 있는 그에게 태호가 말했다.

"모든 사업이 그렇듯 독과점은 발전도 정체되고 나라 전체로 보아도 해가 되는 경우가 많습니다. 더구나 국민소득이 급속히 높아진 요즈음 항공 수요를 한 회사가 감당하기에는 벅찬 것으로 알고 있습니다. 따라서 면허를 내주신다면 열심히 한번 해보고 싶습니다."

태호의 설명을 듣고 난 노 당선자의 시선은 박철언 보좌관에게 향해 있었다.

"충분히 검토 가치가 있는 발언입니다, 각하!"

"그렇다는 말이지……?"

한 손가락으로 탁자를 두드리며 잠시 생각에 잠겨 있던 노 당선자가 말했다.

"좋소. 시기를 언제라고 정확히 못 박을 수는 없겠지만, 내 좋은 소식을 들려주리다."

"고맙습니다, 각하!"

태호가 탁자에 코가 닿을 정도로 감사를 표하자, 노 당선자의 웃음이 실내에 크게 울려 퍼졌다.

"하하하!"

웃음의 여운이 채 사라지기도 전에 노 당선자가 말했다.

"그렇게 좋아만 할 것도 없소. 우리도 부탁이 있으니까."

"네?"

부탁이라는 말에 깜짝 놀란 태호가 눈을 동그랗게 뜨자, 그 모습이 또 우스운지 미소를 짓던 노 당선자가 박 보좌관을 힐끔 보자 그가 입을 떼었다.

"내가 알기로 삼원상사는 중공은 물론 여타 유럽 공산권과도 교류가 빈번한 것으로 알고 있소."

"그건 그렇습니다만?"

"아시다시피 모스크바올림픽이 반쪽이 되었으니 88서울올림픽도 반쪽이 될 가능성이 크오. 그러니 그쪽과 교류가 빈번한 삼원 측에서 그들 나라의 고위층을 잘 설득해, 88서울올림픽이 전 세계인의 축제가 될 수 있도록 많은 협조 부탁드리는 바이오."

"물, 물론이죠. 말씀이 아니더라도 국가를 위한 일인데 최선을 다해 돕도록 하겠습니다."

"고맙소!"

감사는 노 당선자의 입에서 나왔다.

"그리고 또 하나."

시선을 모으기 위한 것인지 박 보좌관은 여기서 말을 끊고 좌중을 둘러보더니, 자신의 의중이 성공하자 계속해서 발언을 이어나갔다.

"만약 우리의 계획대로 88서울올림픽을 성공리에 마친다면, 우리는 그 여세를 몰아 공산권과의 수교에 적극적으로 임할 생각이오. 그러니 이 또한 다시 한번 부탁을 드리는 바이오."

"여부가 있겠습니까? 공산권과의 수교가 이루어지면 우리도 좀 더 자유롭게 교역을 할 수 있으니, 기업들 또한 수혜를 보는 것. 우리뿐만 아니라 대한민국의 기업이라면, 각자 알아서 최선을 다할 것입니다. 더구나 우리는 말할 것도 없죠."

"이렇게 서로의 이해가 잘 맞아떨어지니, 공산권과의 수교도 망상으로만 끝나지만은 않을 것 같아 매우 기쁘오."

마무리는 또 노 당선자가 했으므로 질세라 태호가 이어 발언을 했다.

"우리 모두의 바람이 현실로 이루어지길 바라는 의미에서 건배 한번 하시죠."

"좋소이다. 자, 88서울올림픽의 성공과, 공산권과의 수교가 성공적으로 이루어지길 바라면서, 모두 잔을 듭시다. 위하여!"

"위하여!"

노 당선자의 선창에 이어 세 사람 모두 일제히 후창을 하고 단숨에 잔을 비웠다.

그러자 태호가 갑자기 크게 세 번의 박수를 쳤다. 잠시 나가 있으라는 말에 나가 있던, 마담 이하 네 명의 잘 빠진 아가씨들이 금방 실내로 들어왔다.

"풍악 좀 울려!"

"네, 회장님!"

태호의 말에 답한 마담이 급히 밴드 마스터를 부르러 나가고 아가씨들은 각자의 파트너에게 아양을 떨며 빈 잔에 잔을 채우기 바빴다.

곧 밴드 마스터가 들어와 경음악을 연주하기 시작하자 태호는 아가씨에게 화장지를 달래, 그것을 풀어 이마에 질끈 두르고, 풀어헤친 넥타이 대신 화장지로 넥타이를 만들어 목에 둘렀다.

태호가 말했다.

"한 곡 하시죠?"

"노래는 별로 못 하는데……."

"왜 이러십니까? 노래 잘하시는 것을 아는데."

"거참. 그럼 한 곡 할까요?"

"네,"

아가씨들까지 떼 창을 하자 노 당선자가 빈 홀로 나가 밴드 마스터에게 무어라 곡명을 알려주었다.

그러고는 정면을 바라 본 노 당선자가 노래를 부르기 전 발언을 했다.

"나 보통 사람 노태우가 한 곡 뽑겠습니다."

"하하하!"

"호호호!"

곧 그의 십팔번인 베사메무쵸(Besame Mucho)가 음악과 함께 그의 입에서 흘러나오기 시작했다.

이렇게 시작된 여흥이 태호가 본격적으로 놀기 시작하자, 좌중은 곧 박수 장단 소리와 함께 주체 못 할 흥으로 넘쳐 나기 시작했다.

*   *   *

다음 날.

태호는 어재 노 당선자와의 대화 내용을 바탕으로 상사의 김현구 사장을 자신의 집무실로 불러들였다. 채 10분이 되지 않아 그가 도착하고 정 비서실장도 배석시킨 자리에서 태호가 김 사장에게 말했다.

"우리 그룹이 올 안에 하늘에 비행기를 띄울 수 있을 것 같소. 그러나 과잉 기대는 금물. 따라서 국내선부터 차근차근 국제선으로 노선 취항이 이루어질 것 같으니, 여객기도 이에 맞추어 큰 것보다는 소형으로, 대당 가격이 얼마인지 알아보시오."

태호의 말에 김 사장이 질문을 던졌다.

"몇 대나 구매할 예정이십니까?"

"우선은 한 2대쯤이면 될 것 같소."

"알겠습니다, 회장님! 아무래도 베스트셀러 기종이 그만큼

항공시장에서 검증을 받았다는 이야기가 될 것이니, 미국 총괄 법인을 통해 보잉사의 제품을 한번 알아보도록 하겠습니다."

"그 문제는 알아서 하시고, 애로 사항은 없소?"

"미국 법인의 최근 보고에 따르면 아무래도 미국 재무부의 움직임이 심상치 않답니다, 회장님!"

"무슨 말이오?"

"아무래도 환율 조작국으로 대만과 우리가 지정될 가능성이 매우 크다는 보고입니다."

"그렇다면 큰일 아니오? 수출이 큰 타격을 입을 텐데."

"그렇습니다. 일본은 85년 9월의 플라자 협정 이후 엔화 절상 속도가 엄청난데, 대만과 한국은 미온적이라는 것이 미국 측의 평가이고, 이것이 금년 4월 연례 보고서에 그대로 반영된다면, 금년에는 4월에는 아무래도 환율 조작국으로 지정될 개연성이 농후합니다."

"흐흠……!"

침음하며 잠시 생각에 잠겨 있던 태호가 말했다.

"비서실장님은 기획실에 일러 실제 환율 조작국이 되었을 때를 가정해 이를 타파할 수 있는 타개책을 준비하라 해주시고, 각 사도 이에 대한 철저한 대비를 주문하시오."

"알겠습니다, 회장님!"

정 비서실장의 대답이 끝나고 무언가 골똘히 생각하던 태호가 조금은 표정을 풀며 말했다.

"나는 모든 사물에는 일장일단이 있다고 보오. 환율 조작국 지정만 해도 수출에는 막대한 타격을 가할 것이나. 그 대신 우리가 수입하려는 항공기 가격은 내려갈 것이니, 정부의 반응을 보면서 최대한 늦추어 구매하는 것으로 합시다."

"네, 회장님!"

두 사람의 대답을 끝으로 태호는 둘을 내보내고 창가로 가, 멍하니 창밖으로 시선을 주었다.

창밖에는 추위에 사람들이 웅크린 채 동동거리고, 태호는 습관적으로 품을 뒤져 담배 한 개비를 꺼내 불을 붙였다.

자연(紫煙: 담배 연기)이 허공에서 춤을 추고 창밖에는 세찬 바람에 벌거벗은 나목들이 꺾일 듯 휘는 것이 보인다.

이 모습을 보며 태호는 담배 한 모금을 깊게 빨았다 내뱉었다.

"휴우······!"

남들이 보기에는 회장 자리가 화려해 보일지 모르나, 이렇게 매사를 혼자 결단하고 할 때는 몹시 외롭고, 이를 태호는 요즈음 부쩍 더 느끼고 있었다.

장인이 명예회장으로 물러난 후에는 그 빈도수가 더 잦아지고 있는 것이다.

환율 조작국으로 지정될 것에 대비해 태호는 수출은 최대한 물량을 당겨 내보내고, 수입은 가능한 입고를 늦추도록 했다.

그리고 그룹 전체에 위기의식을 불어넣는 한편 경쟁력을 더욱 강화하도록 지시를 내렸다.

그렇게 해 4월 27일이 되자 정말 미국이 대만과 한국을 환율 조작국으로 지정하는 초유의 사태가 벌어졌다. 이에 환율의 절상 속도가 더욱 빨라지며 바이어 이탈 조짐도 눈에 띄게 나타나기 시작했다.

이 당시 한국의 제품이라는 것이 지금과 같이 품질이 우수해서라기보다는 가격이 싼 재미로 사는 사람들이 많았다. 그런 까닭에 1월에 1달러당 770원 전후였던 환율이 5월 초에는 750원까지 절상되고, 이 속도가 더욱 가속될 것이 확실하기 때문에, 대한민국 기업들 모두가 초비상 경영에 돌입했다.

타 기업보다는 한발 빨리 선제적 대응을 했다지만 불과 몇 개월 차이고, 환율이 더 절상된다면 더욱 채산성 악화로 이어질 것이 명약관화했기 때문에, 태호는 오늘도 부회장 이하 전 임원진을 아침부터 대회의실에 불러놓고 경각심을 불어넣고 있었다.

"한국이 환율 조작국에서 벗어나기 위해서는 더 빠른 속도로 대폭 환율이 절상될 터. 부회장님 이하 임원진들은 이런 때일수록 위기의식을 갖고, 최대한 낭비적 요인을 제거하고, 차제에 700원 대의 환율에도 생존이 아닌, 이익을 남길 수 있는 체질 개선을 해주시기 바랍니다."

여기서 말을 끊고 기침 소리 하나 없는 장내를 한번 돌아본 태호의 말이 이어졌다.

"이 과정에서 불황이나 경영이 조금 어려우면 등장하는 단골 메뉴인 이면지 활용, 사무실마다 한 등 끄기, 불량품 제로 등 지엽적인 문제에 매달릴 것이 아니라, 근본적인 개혁을 해달라는 것입니다. 불필요한 라인 폐쇄라든가 부품 수를 줄이는 등, 기술 혁신과 창의적 발상을 통해 생산 원가를 최대한 낮추어, 700원대 환율에도 이익을 남길 수 있는, 강력한 기업으로 탈바꿈시켜 줄 것을 다시 한번 주문합니다."

여기서 또 한 번 장내를 돌아본 태호가 더욱 강력한 톤으로 발언하기 시작했다.

"만약 이것이 이루어지지 않는다면, 대규모 감원을 통해 군살을 뺄 수밖에는 없을 터. 함께 동고동락하던 식구를 내치는 가슴 아픈 일이 벌어지지 않도록, 여기 계신 부회장 이하 임원진들부터 솔선수범하고, 최대한의 지혜를 모아주시기 바랍니다. 이상으로 오늘 회의를 마치도록 하겠습니다."

전가의 보도인 구조 조정까지 거론하자 임원들의 눈에도 숨길 수 없는 불안과, 위기의식을 느끼는지 모두 결연한 표정으로 차례로 자신과 악수를 나누며 나가는 그들을 보며, 태호는 내심 빙긋 웃음 짓지 않을 수 없었다.

모두 어렵다, 어렵다 하지만 삼원그룹만은 그래도 여유가 있었다. 하지만 위기의식을 느끼지 않는 기업치고 오래 생존하는 것을 보지 못했으므로, 태호는 이 호재를 빌미로 삼아 수시로 위기의식을 불어넣다 풀어주기를 반복할 셈인 것이다.

*　　　　*　　　　*

그룹 전체를 비상 경영 체제로 돌입시킨 상태에서도 태호는 정부에서 취항 면허 내주기를 정말 목이 길게 빠지도록 기다렸다.

그러나 구중궁궐에 입성한 노 당선자로부터도 그렇고 일개 의원직에 머물고 있지만 실세로 불리는 박철언 씨로부터도 아무런 소식이 없었다.

그럼에도 불구하고 태호는 자신의 약속을 지키기 위해 중공을 한번 방문하는 것은 물론이고 창구가 개설된 동구권 여러 나라도 각 지사를 통해 88올림픽 참가를 간곡히 호소

해 왔다.

이런 태호의 노력 외에도 여러 요소가 맞물려 공산권 참가가 확실시되는 8월 중순이 되어서야, 정부에서는 삼원항공에 대해 국내 2개 노선의 취항을 허가했다. 곧 서울~부산과 서울~광주 노선이었다.

이렇게 되자 태호는 서둘러 구매 계약을 체결하도록 했다.

이미 내부적으로 어느 기종을 살지는 검토를 끝내놓은 상태였기 때문에, 태호의 지시를 받은 미국 총괄 법인은 곧 보잉사와 구매 협상에 돌입했다.

그렇게 되어 1984년에 개량형으로 등장한 최신 기종인 보잉 737 Classic 2대가 한국 하늘에 모습을 드러낸 것은 9월 16일이었다. 이때는 세계의 모든 시선이 대한민국으로 쏠린 때이기도 했다.

9월 17일부터 10월 2일까지 16일간에 걸쳐 개최되는 제24회 88서울올림픽 개막을 불과 하루 앞둔 날이었기 때문이었다. 아무튼 이렇게 되어 인도된 비행기 상태를 철저히 점검하고 나니 이틀이 지난 19일이었다.

이제 항공기 대금을 지불해야 했다. 인도 시점에 지불하기로 한 계약 조항에 의거, 이날 삼원항공은 대당 3천 5백만 달러, 총 7천만 달러를 완불했다.

이날 당일 환율이 달러당 720원이었으므로, 한화로 치면 504억 원이라는 거금이었다.

그런데 훗날 지나고 보니 이날이 환율의 최고점이었다. 아무튼 달러당 720원으로, 연초보다 달러당 50원씩을 아끼게 되어 무려 35억 원을 절약하게 된 것이다.

참고로 보잉 737은 승객 140~180명이 탑승할 수 있는 소형 항공기로, 2009년 주문 건수가 벌써 8,000건을 넘을 정도로 보잉사의 베스트셀러로 자리매김한 기종이었다. 삼원항공이 산 기종은 보잉 B737—300으로 좌석 수는 140개였다.

아무튼 환율절상 덕분에 비행기는 싸게 샀다고 판단한 태호는 이번 판매를 위해 보잉사에서 특별 내한한 수석 부사장 존 버로우(John Burroughs)를 접견하고 있었다. 태호는 이 자리에서 그에게 이색 주문을 하고 있었다.

"내 생각에는 말이오. 오늘 우리가 주문하는 항공기에 한해서만은, 고객 만족도를 위해 퍼스트 클래스만이라도 지그재그식 좌석 배열(Staggered Layout)을 통해 옆자리 승객에 대한 방해 없이 자유로운 출입이 가능하도록 제작을 해주었으면 합니다."

"굿 아이디어!"

엄지를 치켜세운 버로우가 덧붙였다.

"그렇게 되면 좌석수가 좀 줄기는 하겠지만, 승객의 불편을 최소화할 수 있으니 굿 아이디어입니다, 회장님!"

그의 말에 빙그레 웃던 태호가 말했다.

"오늘날 우리가 비록 소형 비행기 두 대로 항공 사업을 시작하지만 먼 훗날에는 큰 고객이 될 수 있을 터. 가능하다면 귀사가 아웃 소싱을 한다면 우리 그룹도 부품 생산의 한 축을 담당할 수 있도록 해주었으면 감사하겠습니다. 아무튼 이 모든 것을 떠나 이제 시작이니 서로 잘해봅시다."

말이 끝나자마자 태호가 새삼 손을 내미니 그 역시 맞잡으며 맞장구를 쳤다.

"물론입니다, 회장님! 서로 윈윈하는 방식을 통해 모두 승자가 되도록 합시다."

"고맙소이다."

곧 그를 내보낸 태호는 배웅하고 돌아온 신임 배형주(裵亨朱) 삼원항공 사장을 앉혀놓고 몇 가지 당부의 말을 했다.

"비록 우리가 뒤늦게 출발했지만 머지않은 장래에는 세계 1등 항공사가 되어야 할 것입니다. 그러기 위해서는 첫째도 둘째도 안전 운항을 제1모토로 두어야 할 것입니다. 또 그러기 위해서는 사전 정비가 철저히 되어야 함은 물론, 조종사들과 승무원들의 교육에도 만전을 기해야 할 것입니다. 이를 위해 빠른 시일 내에 교육 시설을 완비할 수 있도록 해주시기 바랍니다."

"네, 회장님!"

"또 우리 항공사가 분명 대한민국 국적기임을 잊지 말고 차별화된 전략을 펼 필요가 있을 것 같습니다. 예를 들면 우리 고유의 음식인 비빔밥이나 삼계탕을 기내식으로 제공하는 방법이라든지, 하여튼 특색 있고 차별화된 서비스로 고객 감동도 실현해야 할 것입니다.

"명심하겠습니다, 회장님!"

"자, 내 얘기는 여기까지."

말을 마칠 듯하던 태호가 돌연 배석한 정 비서실장에게 말했다.

"내일로 예정된 행사에 초정된 외부 손님들이 차질 없이 참석할 수 있도록 사전 전화도 드리고, 점검도 사전에 두 분이 함께해 주시기 바랍니다."

"네, 회장님!"

태호가 손짓을 하자 곧 두 사람이 태호의 집무실을 빠져나갔다. 그런 그들 중 태호는 당당히 걸어 나가는 배형주 사장에게 시선을 주었다.

신임 배 사장은 예비역 소장 출신으로 공군 전투기 조종사로 잔뼈가 굵은 인물이었다. 퇴역 후 상대 항공사인 대한항공에 몸담아 부사장까지 승진한 인물로, 금번에 필요에 의해 태호가 스카웃한 인물이었다.

9월 20일 오전 10시 40분.

가는 빗줄기가 내리는 속에서 삼원항공 소속 여객기 두 대가 세워진 김포공항 계류장에서는 한창 식이 진행되고 있었다. 즉, 김태호 회장의 인사말이 진행되고 있었던 것이다.

"비록 오늘 우리가 격납고도 없이 두 대의 소형 비행기로 하늘 길을 열었지만, 장래는 우리의 여객기만으로도 온 하늘을 덮을 수 있도록, 삼원항공을 창대하게 키울 것입니다. 이를 위해서는 항공사 소속 원들의 헌신뿐만 아니라, 그룹사 전 직원들의 발분이 요구되는바, 그렇게 하겠습니까?"

"네, 회장님!"

도열한 항공사 직원은 물론 참석한 임원들 모두가 우렁차게 대답하는 가운데 태호의 인사말은 끝을 향해 치달리고 있었다.

"모쪼록 우중에도 참석해 주신 내외 귀빈께 다시 한번 감사의 인사드리며, 삼원항공이 정식으로 문을 여는 날의 인사말에 갈음합니다."

짝짝짝!

우산을 든 사람이 많아 평소보다 박수 소리는 작았지만

곧 고사가 진행되기 시작했다. 제일 먼저 이명환 명예회장 부처가 고사 상에 절을 하고 촌지를 돼지머리에 꽂는 것을 시작으로, 태호 역시 효주와 부모님을 모시고 고사 상에 절을 하고 촌지를 보탰다.

이어 노 대통령을 대신해 참석한 최병렬 정무수석, 나웅배 부총리 겸 경제기획원 장관, 이범준 교통부 장관, 박철언 민정당 국회의원 외에 다수의 국회의원들이 차례로 절을 하고 촌지를 보탰다.

이어 항공사 배 사장을 필두로 각 사 사장과 임원진들이 고사 상 앞에 서는 속에, 태호는 부모님과 이 명예회장 부처, 여타 초대 손님들을 모시고 천막 안으로 들어가 접대를 시작했다.

음식이라야 육개장에 소주와 맥주 과일 여타 소소한 안주가 전부였지만 오가는 대화는 축하와 감사의 일색이었다. 오늘의 상차림이 좀 빈약한 것은, 환율 절상으로 인해 온 나라가 어려움에 처해 있으므로, 내실을 기하라는 태호의 특별 지시에 의한 것이었다.

아무튼 빈약한 상차림만큼이나 손님들이 빨리빨리 자리에서 일어나자 태호 또한 이 회장 부처와 부모님을 모시고 계류 중인 여객기로 향했다. 이에 정 비서실장은 물론 삼원 항공의 배 사장이 급히 따라나섰다.

일행이 새삼 항공기를 돌아보며 기쁜 표정을 짓는 가운데 태호가 이 명예회장 부처를 향해 말했다.

"장인어른, 장모님! 10년 내에 제가 꼭 자가용 비행기를 한 대 사드릴 테니, 그때까지 오래오래 사셔서 저와 함께 멋진 곳으로 외국 여행도 가시죠."

"암, 그래야지. 오늘날까지 나는 자네의 말을 철석같이 믿어왔어. 팥으로 메주를 쑨다고 해도 말이야."

"하하하!"

"호호호!"

"웃을 일이 아니네. 내가 김 회장을 신뢰했기에 오늘과 같은 영화가 있지 않겠나? 따라서 나는 김 회장이 앞으로도 잘할 것이라 믿는 것은 물론, 그 약속도 지킬 것이라 틀림없이 믿네."

"감사합니다, 명예회장님!"

"왜 호칭이 왔다 갔다 하나?"

"하하하!"

"호호호!"

"그런데 저도 자가용 비행기 한 대 사면 안 되겠습니까? 물론 훗날에요."

태호의 말에 이 명예회장이 정색을 하고 말했다.

"김 회장, 지금 무슨 소릴 하고 있나? 자네가 우리 그룹에

끼친 공로를 생각한다면 10대를 사주어도 남고, 그럴 자격이 충분하고도 넘치지. 하니 주저하지 말고 필요하면 자가용 비행기 한 대쯤 사서, 전 세계를 누비며 활발하게 비즈니스 활동을 하시게."

"네, 명예회장님! 사업상의 필요도 있지만 개인적인 욕심으로, 제 자가용 비행기에 장인 장모님은 물론 부모님을 모시고, 세계 일주를 시켜 드리는 것이 제 꿈입니다."

"그런 마음 씀씀이라면 당장에라도 한 대 사시게."

이 명예회장의 말에 태호가 손까지 내저으며 말했다.

"아, 아닙니다. 지금은 그럴 때가 전혀 아니고요. 우리 그룹이 좀 더 크면 그때 가서 저도 그런 호사를 한번 누려보고 싶습니다."

"그 문제는 알아서 하시고, 당장 필요한 것은 격납고를 세워 저렇게 비를 맞는 일은 없어야 할 것 아닌가?"

이 명예회장의 말에 태호가 수행중인 배 사장에게 시선을 옮기며 물었다.

"들었지요?"

"네, 회장님! 당장 오늘이라도 김포공항 측과 협의하여 격납고를 완비하도록 하겠습니다."

"그렇게 하도록 하고, 속히 모든 교육 시설도 완비하도록 하세요."

"네, 회장님!"

이후에도 수행원들이 우산을 받쳐 들고 쫓아다니는 시간이 조금 더 길게 이어졌고, 태호의 어느 때보다 강경한 청에 의해 부모님은 이날 밤을 그의 집에서 보내게 되었다.

제4장
세계의 이목을 끌다 Ⅰ

이날 밤.

태호의 청에 못 이겨 그의 집에서 하루를 묵게 된 부모님은 저녁 식사 후 손녀의 재롱에 시간 가는 줄 모르고 있었다.

채 10개월이 안 된 손녀가 엉금엉금 기어 다니면서 몇 번 본 적이 없는 할아버지에게도, '아바, 아바'하면서 무릎에 안겨 웃자란 수염을 뽑기도 하고, 할머니의 옷고름을 잡아당기기도 해 웃음을 자아내게 하고 있었기 때문이다.

수연은 또래의 아이들보다 발달 상황이 모든 면에서 빨랐다. 벌써 엉금엉금 기어 다녀 아무 물건이나 바닥에 함부로 놓아둘 수 없게 하는 것도 그렇고, 부정확하지만 아빠를 '아바'라 부르고, 엄마는 좀 뜸을 들이기만 하지만 '엄~ 마'라고 거의 제대로 된 발음을 내는 것도 그렇다.

아무튼 이렇게 시간을 보내다 보니 벌써 9시가 다 되어가고 있었다. 그러자 효주가 부모님께 양해를 구했다.

"이제 씻겨서 재울 시간이에요. 안고 나갈게요."

며느리의 말에 순간적으로 서운해하는 표정을 지으시는 부모님을 보고 태호가 말했다.

"오늘은 좀 더 놀게 내버려 두지. 할머니 할아버지도 오셨는데."

"안 돼요. 밤에 안 자서 한동안 고생했잖아요. 그러니 시간 되면 재워야 돼요."

효주의 말에 시어머니가 동조하셨다.

"그건 어미 말이 맞다. 밤에 안 자고 보채면 그것만큼 성가신 것도 없어."

"맞지요, 어머니?"

자신을 역성해 주자 효주가 기쁜 빛을 띠며, 수연을 데리고 나가려 했다. 그러자 수연이 더 놀고 싶은지 발버둥을 치다가 끝내는 울음소리와 함께 멀어졌다.

거실에 셋만 남게 되자 태호가 부모님을 보고 말했다.

"아버지 어머니도 가서 주무시죠?"

"아니래도 아까는 눈꺼풀이 내려와 혼났다."

오랜 습관으로 9시 이전에는 취침하는 습관이 있는 어머니의 말에, 아버지도 어머니를 따라 일어나 태호 부부의 침실이 있는 반대편 방으로 들어갔다. 이렇게 흐르는 세월 속에서 어느덧 16일간의 열전이 벌어진 88서울올림픽도 끝났다.

이를 통해 대한민국은 6·25의 폐허만 기억하고 있는 세계인들에게 이제는 대한민국이 결코 가난한 나라가 아니라는 것을 각인시켰고, 경기에서도 역대 최고의 성적을 거두었다.

아시아에서 2번째, 세계에서는 16번째로 올림픽 경기 대회 개최국이 된 한국은 금메달 12개를 따내, 금메달 11개를 차지한 서독을 누르고 종합 4위에 랭크되었다. 참고로 종합 메달 순위 1위를 차지한 나라는 소련으로 금메달 55개, 2위는 금메달 37개를 딴 동독이, 3위는 금메달 36개를 따낸 미국이 차지했다.

동서양 진영 전 세계 159개국 1만 3,304명의 선수단이 참가하여 올림픽 사상 최대 대회 규모를 기록한 이 대회가 끝나니 어언 10월로 온 산하가 추색(秋色)이 완연하였다.

이렇게 가을색이 점점 깊어지는 11월의 어느 날이었다. 아침 업무가 시작되자마자 걸려온 전화에 의해 태호는 놀라움을 감추지 못하고 있었다. 세계경제인의 이목을 집중시킬 만한 일이 한 건도 아니고 두 건이 한꺼번에 보고되었기 때문이다.

"그게 정말이오?"

―아, 회장님!

수화기 너머에서 들려오는 고함에 태호는 잠시 수화기를 틀어막았다 떼어내며 대소를 터뜨렸다.

"하하하! 하하하!"

미친놈처럼 대소를 터뜨리는 태호의 행위에 놀란 정 비서실장이 달려와서야 겨우 진정한 태호가 다시 한번 확인을 했다.

"당신은 16MD램을 발명하고, 강기종 박사 팀은 플립(Flip) 형태의 휴대폰을 실용화시켰다는 말이 정말이죠?"

―지금 당장 샘플을 가지고 회장님을 찾아뵙겠습니다.

몇 번에 걸쳐 확인을 하니 은근히 화가 나는지 진대제 박사가 화를 내며 전화를 끊었다. 정말 16MD램을 발명했다면 화를 내도 좋았다. 다시 한번 대소를 터뜨리며 태호가 즐거워하자 정 비서실장이 은근히 물었다.

"무슨 일인데 그렇게 즐거워하십니까?"

"아, 진 박사가 16MD램을 개발하고 강 박사 팀은 플립 형태의 휴대폰을 실용화시켰다는 군요."

"그렇다면 이거야말로 세계적인 빅뉴스로 정말 우리 그룹의 대경사군요."

"우리나라의 자랑이기도 하죠."

"물론입니다, 회장님! 하하하! 하하하!"

이제는 정 비서실장이 미친놈(?)이 되었다. 그런 그를 보며 태호는 잠시 생각에 잠겼다. 플립 형태의 휴대폰 모토로라도 내년 하반기나 되어야 세계시장에 출시한다. 그런데 우리나라가 한발 더 먼저 실용화시켰다.

또 16MD램은 이미 언급한 바와 같이 일본의 NTT가 작년 2월 26일 개발에 성공했다고 발표했다. 그러나 지금까지 시제품 생산에 성공했다는 소식은 들려오지 않고 있었다.

원역사에서도 진 박사 팀이 내년 4월 26일 개발 발표를 하고, 시제품 생산은 한국이 먼저 내놓게 되는 것은 물론 양산도 한국에서 먼저 하게 된다. 그래서 16MD램 최초 개발자는 진 박사 팀이라고 공인되고 있는 것이다.

아무튼 이것은 희대의 사건으로 호재 중의 호재다. 이 호재를 이용해 사세를 불려야 한다. 태호의 머리는 급격히 빠르게 회전하기 시작했다. 곧 머릿속에서 앞으로의 일에 대한 구상을 끝낸 태호는 느긋하게 진 박사 팀이 가지고 올 샘플을 기다렸다.

이 빅뉴스는 어쩐 일인지 대한미국 미디어에 곧바로 발표되지 않았다. 단지 그룹 내부적으로 최대 보안을 유지하며 개발 성공에 기여한 팀원들에 대한 포상이 그들이 깜짝 놀랄 정도의 금액으로 은밀히 이루어졌을 뿐이었다.

그렇게 88년이 역사 속으로 저물고 89년 1월 1일,

삼원호텔에서 딸 수연의 돌잔치가 부모님과 장인 장모는 물론 가까운 일가친척들까지 모여 진행되고 있었다. 하지만 태호의 신경은 온통 다른 데 가 있어 장모로부터 '남의 딸 돌잔치냐?'라는 말을 들을 정도의 행태를 보였다.

그렇게 딸의 돌잔치도 마치고 신정 연휴 사흘도 훌쩍 지나갔다. 그리고 89년 1월 4일 수요일 오전 10시.

사전에 대한민국 전 언론사에 회람을 돌린 대로, 석간신문의 마감 시간을 고려한 중대 발표가, 삼원그룹 사옥 대회의실에서 막 시작되고 있었다. 단상에는 감청색 양복에 보색에 가까운 노란색 넥타이를 맨 태호가 서 있고, 그 뒤로는 이 명예회장을 비롯해 그룹 내 중요 간부들이 점잖게 자리하고 있었다.

그리고 단상 한 발 앞에는 마이크를 잡은 총무이사 차동철이 장내 질서를 유지하고 있었다. 내외신 기자 백여 명이

몰려 상당히 혼잡했기 때문이었다. 그런 그가 입을 뗴었다.

"자, 이제 어느 정도 자리가 잡힌 것 같으니 회장님께서 중대 발표를 하시겠습니다, 회장님 발표하시죠."

차 이사의 말에 태호는 품속에서 미리 준비한 원고를 꺼내 탁자 위에 올려놓고 읽어 내려가기 시작했다.

"본 삼원그룹은 작년 연말을 기해 반도체와 휴대폰 부분에서 중대 진전을 이룬 바가 있습니다. 반도체 부분에서는 16MD램 개발에 성공한 것이 그것이고, 휴대폰 부분에서는 플립 타입을 세계 최초로 실용화시켰다는 점이 그것입니다."

"회장님 지금의 발표가 정말입니까?"

어느 기자의 질문에도 태호는 일체 대응하지 않고 자신이 발표할 내용만 읽어 내려갔다.

"16MD램에 대해서는 올 5월 27일 일본 교토(京都)에서 열리는 세계 초대규모 집적회로 학회에서 이 내용이 담긴 논문을 공식 발표 할 것이고, 플립 형태의 휴대폰 샘플은 진열되어 있으니 눈으로 직접 확인해 주시기 바랍니다."

말과 함께 태호가 우측으로 시선을 돌리니 비로소 두꺼운 천에 덮였던 것이 젖혀지는데, 그것은 유리상자 안에 담긴 플립 형태의 소형 휴대폰 샘플이었다. 이에 카메라 기자는 물론 취재기자들까지 우르르 몰리자 차동철 이사가 제지를 했다.

"촬영할 기회는 얼마든지 드릴 테니 질서를 유지해 주시기 바랍니다."

이 모습을 눈살을 찌푸리며 바라보고 있던 태호가 총무 이사를 불렀다.

"차 이사!"

"네, 회장님!"

"이렇게 혼란스러운 모습을 보니 일문일답은 진행하지 않아도 되겠군."

태호의 말을 들은 앞에 있던 기자들이 깜짝 놀라 호통을 치기 시작했다.

"회장님과 일문일답을 진행하고 나서 촬영합시다."

"나중에 보세요. 아니면 취소하겠답니다."

어느 기자의 말을 받아 차 이사가 마이크에 대고 말했다.

"회장님께서 일문일답을 취소하겠다는데 그래도 되겠습니까?"

그제야 소동이 좀 가라앉으며 어느 정도 다시 기자회견 분위기가 잡혔다.

"자, 그럼, 질문 있는 분은 손을 들어 허락을 받고 질문해 주시기 바랍니다."

차 이사의 말에 가장 앞줄에 있던 어느 기자가 바로 손을 번쩍 들었다.

그러자 차 이사가 그 기자를 바로 지목했다.

"질문하세요."

"금번 삼원그룹에서 개발했다는 16MD램이 세계 최초의 발명입니까?"

"그건 아닙니다. 일본의 NTT가 작년 2월 26일 개발에 성공했다고 발표한 적이 있습니다. 그러나 우리가 세계 최초가 될 수도 있습니다. 아직 NTT에서 시제품 생산에 성공했다는 발표도 없고, 양산은 더더욱 아니니, 누가 먼저 이를 실현시키느냐에 따라 최초의 개발자도 결정되겠지요."

"그렇게 말씀하시는 것을 보니 자신 있는 것 같습니다."

종전 질문한 기자의 말에 태호가 미소를 띠고 답했다.

"그것은 여기서 확답을 드릴 성질의 것이 아니고, 시간이 말해주겠죠. 다음 분 질문해 주세요."

"플립 형태의 이 소형 휴대폰은 세계 최초의 개발입니까?"

"그건 맞습니다. 휴대폰을 세상에 처음 내놓은 모토로라도 아직은 개발하지 못한 제품이니까요."

그 기자의 후속 질문이 이어졌다.

"이 분야에서는 삼원그룹이 상당히 늦은 후발 주자인 것으로 아는데, 금번에 이런 쾌거를 이룬 원인이 어디 있다고 보십니까?"

"여러분이 몰라서 그렇지, 우리 그룹은 미국 실리콘밸리 내에 대단위 연구소가 있는 것은 물론, 국내에도 상당한 연구진을 확보하고 있습니다. 그러니까 과거로부터의 투자가 결실을 맺은 것이지, 어느 날 갑자기 하늘에서 뚝 떨어진 것은 아닙니다."

"이렇게 되면 삼원 전자 반도체 통신이 이 분야 세계 강자로 급부상할 것 같은데 향후 전망은 어떠하며, 혹시 기업공개를 통해 더 많은 자금을 확보할 의향은 없으십니까?"

"아직 우리는 세계 강자들과 견주면 달과 반딧불이만큼의 현격한 격차가 있고요. 기업공개 부분은 이사회 회의를 열어 검토해 보는 방향으로 하겠습니다."

"너무 심한 엄살 같습니다."

"아직은 갈 길이 멀다고 판단하고 있습니다. 이건 객관적으로 판단한 사실입니다."

태호가 이렇게 지나치리만큼 약자임을 강조하는 데는 다 이유가 있었다. 아무튼 또 다른 기자가 질문을 던졌다.

"김 회장님이 삼원그룹에 입사한 후 승승장구하고 있습니다. 라면 시장을 제패한 이래 전자, 자동차에 이어 반도체와 휴대폰까지 이제 세계시장의 총아(寵兒)로 등장했습니다. 여기에 항공 분야까지 진출한 작금 한국을 넘어 세계적인 유수의 기업으로 성장하길 바랍니다. 하지만 이 모든 것이 기본이 취약한 것이 삼원의 최대 약점으로 지목되고 있는데요. 이에 대한 대책이 있습니까?"

그룹 홍보실로부터 촌지깨나 받아먹은 기자인지 한동안 삼원그룹을 홍보해 주던 기자가 정확히 약점을 지적하고 나왔다. 이에 태호가 답변에 나섰다.

"로마가 하루아침에 이루어지지 않은 것과 같이, 우리 삼원그룹도 장기 마스터플랜을 가지고 부품 소재 분야에서도 강자가 되기 위해 꾸준히 노력하고 있습니다. 따라서 계획대로 된다면 머지않은 장래에 세계시장에 부품 수출도 가능할 것이라 보고 있습니다."

"다음 기자 분 질문해주세요."

차 이사의 말에 중간 열에 있던 어느 외국인 기자가 손을 번쩍 들었다. 차 이사가 발언 기회를 주었다.

"It is enough to alert Japan and American companies to develop the 16—million—day system. Is there an alternative to overcoming U.S. trade pressure and willingness to transfer to Japan?"

이를 태호의 전문 통역원이 통역을 했다.

"삼원에서 16MD을 개발했다는 자체만으로도 일본과 미국기업에 경각심을 심어주기에 충분합니다. 따라서 미국의 통상 압력과 일본의 대한(對韓) 기술 이전 회피가 우려되는데 이를 극복할 대안이 있습니까?"

"미국의 통상 압력은 더 이상 없을 것으로 저는 판단하고 있습니다. 작년의 급속한 환율 절상으로 인해 한국의 무역 흑자가 대폭 축소됨은 물론, 상대적으로 한국이 미국 시장에서 차지하는 비율이 낮기 때문에 더 이상의 압력은 없을 것으로 봅니다. 또 일본 경제 전체로 보면 한두 분야에서 겨우 일본 기업과 어깨를 나란히 한 걸 가지고, 기술 이전이나 합작이 줄 것이라고는 전혀 생각지 않고 있습니다. 관건은 한국의 임금이 급격히 올라 저네들이 따 먹을 과실이 없을 때는 아마 재고할 것 같습니다. 자, 오늘은 이만 마칩시다."

태호가 더 이상의 질문을 완곡히 거절하고 곧바로 자리를 뜨자, 그제야 기자들은 우르르 휴대폰 샘플이 진열된 곳으로 가 사진 촬영을 하느라 난리 법석을 피웠다.

위의 기자회견 내용을 보면 태호가 상당히 조심스럽게 발언하는 것을 알 수 있을 것이다. 거기에는 다 그만한 이유가 있었다.

1988년 일본제 반도체의 세계 점유율은 50%를 웃돌았다. 이 시기에 미일 반도체 협정 개정을 둘러싸고 매달 워싱턴에서 교섭이 이뤄졌다. 미국 무역대표부(USTR)의 강경 자세에 이러지도 저러지도 못하게 된 일본의 통산성 관료가 등 뒤의 커튼을 향해 '어떻게 하시겠습니까?'라고 물었다.

커튼 뒤에는 히타치제작소, NEC, 도시바, 후지쯔 등 일본의 반도체 메이커 책임자들이 앉아 있었다. USTR의 배후에도 모토로라 등 미국의 반도체 업체 담당자들이 자리해 있었다. 그들은 커튼을 사이에 두고 불꽃 튀기는 협의를 거듭하고 있었던 것이다.

1986년에 맺은 미일 반도체 협정은 일본제 반도체의 덤핑 수출 방지가 핵심이었다. 그러나 그 후에도 일본의 우위가 흔들린 적은 없었다. 열세에 있던 미국 업체들은 강경 모드로 나선다. 양국 반도체 협정 개정을 위해 교섭을 개시하며 일본 국내의 미국제 반도체 점유율을 10%에서 20% 이상까지 끌어 올리는 조항을 통과시킨 것이다.

이는 1991년 신협정에서 명문화되었다. '비하인드 더 커튼(Behind The Curtain)'의 멤버 중 한 사람이었던 일본 회사의 한 전무는 '통산성은 우리 이야기에 귀 기울여 주었다. 하지만 미국 측의 조건에 응하는 수밖에 없는 상황이었다'라고 회상한다.

신협정 이후, 일본 반도체 업계의 흐름은 바뀌었다. 일본 정부는 외국제 반도체를 사용하도록 전기 전자 업체들을 강력하게 지도했다. 히타치에서 반도체 개발을 지휘했던 마키모토 쓰기오 전 전무는 말한다.

"사 내 가전이나 컴퓨터사업부 등에 판매하는 경우, 가장 먼저 외국제 반도체의 유무에 관심을 보였다. 사외에도 히타치제작소 반도체와 연관이 있는 외국제 반도체를 소개하는 이해할 수 없는 일이 진행됐다."

미일 반도체 협정이 효력을 잃어버린 1996년, 일본 내 외국제 반도체 점유율은 20%를 넘었다. 이 무렵 주력 제품인 D램(D-RAM)의 용도는 워크스테이션용에서 PC용으로 크게 바뀌었다. 미국의 반도체 업계는 인텔의 PC용 프로세서 '펜티엄'의 폭발적인 인기를 등에 업고 부활했다.

이때부터 일본 반도체의 몰락은 한순간이었다. 1997년부터 실리콘 사이클(반도체산업의 주기)의 대불황으로 일본 업체들은 하나같이 업적 악화에 빠졌다. 2003년에는 미쓰비시전기의 반도체 부문이 엘피다에 흡수되었다. 후지쯔는 1999년, 도시바는 2001년에 범용 D램 사업에서 철수했다.

위와 같이 미국이라는 무시무시한 괴물이 배후에 도사리고 있는 이상, 잘난 척하는 것은 절대로 실익이 없기 때문에, 태호로서는 가능한 한껏 몸을 낮추려 한 것이다.

그럼에도 불구하고 태호의 기자회견은 국내외에 대대적으로 보도됨으로써, 관련 업계에 그 파장이 만만치 않았다. 그의 기자회견으로 인해 가장 먼저 반응을 보인 곳은 삼원과 반도체 및 컴퓨터를 합작 생산 하고 있는 인텔 측이었다.

"내가 직접 한국을 방문할 테니 직접 만나 논의합시다."

일방적인 통화 후 이제 인텔의 회장 겸 최고경영자가 된 앤디 그로브가 인텔의 기라성 같은 중역들을 이끌고 직접 내한한 것은 그로부터 이틀 뒤였다.

이에 태호는 직접 김포공항으로 마중을 나갔고 강남 호텔에 일단 여장을 풀게 한 후 다음 날은 삼원 사옥 소회의실에서 두 사람의 단독 회담이 열렸다. 물론 양측 통역원들은 참석하고 있었다.

"하하하!"

마주하자마자 대소와 함께 손을 내민 그로브가 자리에 앉으며 덕담을 건넸다.

"당신들 덕분에 내가 최고경영자에 오를 수 있었소. 한국에서 생산한 반도체와 컴퓨터 덕분에, 우리 회사는 86년까지 1억 7천만 달러의 적자에서, 87년에는 2억 4천만 달러의 흑자가 났소. 매출도 12억 7천만 달러에서 20억 달러로 껑충 뛰었소. 덕분에 내가 최고경영자의 자리에 앉을 수 있게 된 것이오."

"축하합니다!"

"하하하! 대성공이오. 대성공! 하하하! 그런데 어찌 귀측이 최첨단 16MD램을 개발했다는데 달려오지 않을 수 있겠소. 귀측의 지분을 대폭 늘려줄 테니 그것도 합작 생산 합시다."

"컴퓨터도 포함되는 것이죠?"

"그건……!"

"애초부터 반도체와 별개의 건으로 합작한 것은 아니지 않습니까?"

"그야 그렇습니다만."

"그러니 같이 논의해야죠. 하고 하나의 팁을 드리겠습니다. 마이크로소프트사가 이제 IBM과 절연했으니, 호환 컴퓨터 운영체제를 공급하면 훨씬 더 시너지 효과를 낼 수 있을 겁니다."

"문제는 그쪽에서 그렇게 하려 해야죠."

"우리 그룹에서 그 회사에 25% 지분을 가지고 있습니다. 그러니 최대한 설득하여 그렇게 되도록 만들겠습니다."

"그렇게 되면 솔직히 PC 시장에서 IBM을 제칠 확률이 100%입니다. 하하하! 이전까지는 IBM이 전 세계 PC에 적용할 규칙을 만들었다면, 이때부터는 인텔과 마이크로소프트가 PC의 규격을 합의한 뒤 외부에 발표하면, 그것이 곧 컴퓨터 업계의 표준이 되지 않겠습니까? 하하하!"

"얼마의 지분을 주시겠습니까?"

"45%!"

확실하게 답하는 그로브이나 태호는 어이없다는 웃음으로 답했다.

"하하하! 겨우?"

"1%에서 얼마나 더 줍니까? 최대한 많이 준 겁니다."

"우리는 계속해서 256MD램 등 최첨단 반도체를 가장 앞서 내놓을 자신이 있습니다. 그만한 연구 역량도 갖추었고요."

"흐흠……!"

침음하며 한동안 고민하던 그로브가 답했다.

"아무리 생각해도 45% 이상은 생각할 수 없습니다."

"흐흠……!"

이번에는 태호가 침음성을 뱉으며 생각에 잠기더니 양보안을 제시했다.

"정 그러시다면 지분은 그렇게 하더라도 기술 공여를 통해 우리에게 반도체와 컴퓨터 부품 업체를 육성할 수 있는 기회를 주십시오. 이렇게 되면 서로 윈윈 게임이 될 겁니다. 지금까지는 미국 부품을 들여와 우리가 조립만 하는 형태이니 이문이 상대적으로 박합니다. 하지만 우리의 싼 인건비로 생산한 부품이 공급된다면 세계 최강의 경쟁력을 가질 것입니다."

"옳기는 하오만 귀측에 그만한 자본력이 있소?"

"그 문제는 걱정하지 않으셔도 됩니다. 다 방법이 있습니다."

"하면 마이크로소프트를 귀측에서 설득하는 조건으로, 총 자본금 2억 달러에, 55 : 45 비율로 합작 생산을 하는 겁니다. 물론 경영은 우리가 하는 것이고요."

"법인명에 삼원도 넣어주십시오. '인텔삼원반도체컴퓨터'라고."

"좋습니다. 큰 문제가 되지 않을 듯하니 그렇게 하는 것으로 합시다."

"일단 MOU를 체결하고 우리의 자본금이 납입되는 대로 정식 계약을 체결하죠."

"OK!"

이로써 큰 줄거리는 해결이 되고 나머지 소소한 문제는 실무선에서 논의하기로 하고 두 사람은 회담을 마쳤다.

이렇게 되면 기껏 최첨단 반도체를 개발해 남의 아가리에 바치는 듯하나, 태호에게는 머지않아 반도체는 물론 컴퓨터 시장의 최강자가 될 복안이 서 있었다. 그랬기에 55 : 45의 지분 비율도 받아들인 것이다.

아무튼 그로브와 회담을 마치자 즉각 빌 게이츠와 통화를 해 마이크로소프트사의 운영체제를 인텔 측에 공급하는 데 동의를 받아냈다. 마이크로소프트 또한 신시장이 열리는 것인데 마다할 까닭이 없었기에 적극 찬성을 이끌어낸 것이다.

　　　　　*　　　　　*　　　　　*

　그로브 일행이 출국하고 사전에 서로 짠 듯 삼원그룹을 두드린 것은 비밀리에 입국한 스웨덴 최대 기업 집단인 발렌베리그룹의 총수 페테르 발렌베리 회장이었다.

　그는 등장부터가 극적이었다. 정문 경비실에서 한 통의 전화가 비서실로 걸려왔고, 비서실에서는 태호에게 문의를 해 접견 여부를 허락받고 양인이 대좌할 수 있었던 것이다.

　페테르 발렌베리 회장은 비밀 입국답게 달랑 그룹 산하의 에릭슨 사장과 통역 하나만을 데리고 와 회장을 만나겠다고 했으니, 경비실에서 쫓겨날 뻔했던 것은 어쩌면 당연한 일인지 모르겠다.

　아무튼 그가 자세히 경비원에게 사정을 설명하는 바람에 비서실까지 통화가 이루어져 결국 대좌하게 된 발렌베리그룹의 총수 페테르 발렌베리 회장은 금년 61세이나 상당한 체력의 소유자로 보였다.

　아무튼 발렌베리그룹은 태호도 롤 모델로 삼을 정도로 존경해 마지않는 기업이었다. 발렌베리그룹은 계열사만 100여 개가 넘고 스웨덴 국내총생산의 30%를 차지하는 국민 기업이다. 발렌베리그룹은 이런 경제 위상뿐 아니라 사회 기여라는 측면에서도 존경을 한 몸에 받고 있다.

이윤을 추구하면서도 사회 책임을 다해 노블레스 오블리주의 롤 모델로 꼽히기 때문이다. 발렌베리 가문의 가훈은 '존경받는 부자가 되라'는 것이다. 발렌베리 가문에 속한 기업인들은 경범죄조차 저지르지 않도록 교육을 받곤 했다.

발렌베리그룹은 대표적 오너 경영 기업이지만 승계 문제도 사회적 합의에 뿌리를 둔다. 창업주 오스카 발렌베리는 자녀를 21명이나 두었는데 혼외 자식인 크누트 아가손 발렌베리를 후계자로 낙점했다.

그가 '존경받는 기업'이라는 유지를 가장 잘 받을 것이란 확고한 믿음이 있었기 때문이다. 크누트는 발렌베리그룹을 은행뿐 아니라 인수 합병을 통해 수많은 제조 업체까지 아우르는 굴지의 기업으로 성장시켰다.

발렌베리 가문의 후계자 요건은 엄격하다. 경영 세습은 적합한 후계자가 있을 경우에 한할 것, 혼자 힘으로 명문대를 졸업할 것, 해군사관학교를 나와야 할 것, 부모의 경험 없이 세계 금융 중심지에 진출해 실무 경험과 금융 흐름을 익힐 것, 후계자 평가는 10년이 걸리며 견제와 균형을 위해 2명을 뽑을 것 등이다.

'경영하되 소유하지 않는다'는 전통은 발렌베리 가문의 훈장이다. 그룹 산하 기업들의 시가총액은 스웨덴 증시의 절반

가량을 차지한다. 그런데도 이들 가문이 보유한 주식과 재산은 몇백억 원대에 불과하다. 회사 수익이 모두 재단으로 들어가는 기업 구조 때문이다.

2대 경영자였던 크누트는 1917년 현재 우리 돈으로 약 3조 5,000억 원에 이르는 전 재산을 기부해 크누트&앨리스 발렌베리 재단을 설립했다. 이 재단은 스톡홀름 경제대학 등 공익사업과 과학기술 분야 후원에 적극 나서고 있다.

철저한 독립 경영 원칙도 발렌베리그룹이 존경받는 또 다른 이유다. 그룹 산하 회사가 100여 개가 되는데 대부분 전문 경영인에게 경영을 맡기고 있다. 분식 회계나 오너 친인척들의 독단적 경영을 막기 위한 조처다.

이런 기업이었기에 태호는 겸손 모드로 회담에 임했다.

페테르 회장의 아들이자 에릭슨(Ericsson, Inc.)의 사장이 기도한 야콥 발렌베리와도 상견례가 끝나자 페테르 회장이 단도직입적으로 말했다.

"휴대폰 사업을 우리와 합작합시다."

페테르 회장이 이렇게 말하는 데는 다 이유가 있었다. 그룹 산하에 있는 에릭슨은 세계적인 이동통신 및 장비 제조업체로 일렉트로룩스, 사브, 스카니아, ABB 등과 더불어 스웨덴 최대 그룹인 발렌베리그룹의 계열사다. 정보통신 혁명이 일어난 20세기 후반 이동전화 사업을 주도한 회사 가운데 하나다.

1990년대 말에는 모토로라에 이어 세계 2위의 휴대전화 제조 업체가 되는 것이다. 우리나라와는 1896년 처음으로 고종황제의 궁내부에 전화교환기 및 전화기를 설치한 인연을 갖고 있는 회사이기도 했다.

1970년대 초반 스웨덴에서는 무선 네트워크가 구축되었다. 에릭슨은 내수 시장의 무선통신 활용 기반을 토대로 1981년 1세대 아날로그 휴대전화(자동차전화)를 상용화하면서 이동통신 업계에서 두각을 나타내기 시작했다.

이후 이 회사는 이동통신과 인터넷 혁명으로 인해 세계적인 기업의 대열에 들어서게 되는 것이다. 아무튼 페테르 회장의 말에 잠시 생각하던 태호가 말했다.

"그렇게 하려면 두 가지 조건을 들어주셔야 합니다. 첫째는 55%의 지분을 소유해 우리가 경영을 할 수 있어야 합니다. 둘째는 부품 및 주변 장비산업에서의 기술이전입니다. 이 요건이 관철된다면 얼마든지 합작이 가능합니다."

"흐흠……! 꼭 그 조건이 관철되어야겠소?"

"그렇습니다. 그렇게 되면 점점 낮은 원가로 인해 우리의 합작 사업은 더욱 탄력을 받을 수 있는 좋은 안이라 생각하고 있습니다."

"정 그렇다면 지분을 최대한 늘려 우리에게 49%의 지분을 주시오."

"좋습니다. 초기 자본금은 얼마로 하시겠습니까?"

"1억 달러면 충분하지 않겠소? 양 사 합쳐서 말이오."

"좋습니다. 그렇게 하는 것으로 하죠."

둘의 회담은 군더더기 하나 없이 일사천리로 진행되어 금방 회담이 종료되었다. 이렇게 중요한 문제가 금방 타결되자 에릭슨 사장과 배석한 정 비서실장 간에 소소한 문제가 추가로 논의되고, 태호는 이 부자를 모시고 이틀에 걸쳐 직접 한국 관광을 시켜주었다.

이런 속에 제일 바쁜 사람들이 있었다. IPO(기업공개)를 준비하고 있는 그룹 산하 재무 팀이었다. 최고의 보안을 요하기 때문에 이사회에서 기업공개가 결정되자마자 이 실무 준비 팀은, 삼원호텔의 방 두 개를 빌려 단체 투숙하며 이를 준비하고 있었다.

휴대전화도 없는 시절이라 본사에 연락책을 두고 그날그날 진행 결과를 통지해 맞춰보며 작전을 짜고 있었다. 상공부, 재무부, 경제 기획원을 뛰어다니며 서류를 확인하고, 회계 법인과 기업공개를 준비하면서, 제일은행과 주식 공모 준비 작업을 동시다발적으로 추진하고 있었다.

주식을 공모하려면 재무 현황과 향후 10년간의 사업 계획서, 향후 10년간의 추정 재무제표 등이 중요했기 때문에, 재무부와 제일은행, 공인회계사 등 여러 기관들과 협력하며, 상법과 기타 법령에 맞도록 자료를 만들어 나가고 있었다.

이에 발맞추어 별도의 태스크 포스(Task force)를 꾸린 신설 법인 팀은 '㈜삼원반도체 컴퓨터'를 신설하고, 기존의 '㈜삼원 이동통신'을 확대 개편하는 작업도 완료했다.

그러니까 인텔과 에릭슨과의 합작 법인과는 다른 삼원그룹 단독 출자 법인인 것이다. 아무튼 이렇게 두 달여의 준비 끝에 모든 것이 완료되자, 드디어 D-day로 잡은 3월 13일. 그룹에서는 주요 일간지에 기업공개 및 공모주 청약 공고를 일제히 실었다.

각각 300% 프리미엄에 4천만 주 일제 모집. 액면가만 해도 ㈜삼원반도체 컴퓨터, ㈜삼원이동통신, 각각 2천억 원에 달하는 어마어마한 금액이었다. 아무튼 3일에 걸쳐 제일은행 창구에서 청약이 실시되었고 그 반향은 엄청났다.

세게 최초의 휴대폰 실용화와 최첨단 16MD램 개발 발표의 열기가 채 식기도 전인 데다, 이때는 국민들의 증권 열기가 최고조에 달한 시점이었기 때문이었다.

따라서 제일은행 창구는 일선 창구마다 몰려드는 국민들로 인산인해를 이루었고, 직원들은 이를 통제하느라 업무가 마비될 정도의 뜨거운 열기 속에 공모주 청약이 마감됐다.

그 결과는 총 4천억 원 모집에 2조 8천억 원이라는 어마

어마한 청약금이 몰려들었고, 7 : 1의 경쟁률을 기록한 것이다. 프리미엄을 포함하면 1조 2천억 원이나 되는데도 엄청난 호응이었던 것이다.

아무튼 이런 데는 다 이유가 있었다. 오일쇼크로 경기 침체가 심화되며 80년대 초반 주식형 펀드는 부진했다. 금리 인하 조치로 인해 공사채형 펀드의 수익률이 낮아졌다. 그러나 이는 주식형 펀드엔 기회가 됐다. 상대적으로 높은 수익을 기대할 수 있는 주식형 펀드의 신상품 개발이 활발해진 것이다.

82년 주식형 펀드이면서도 수익률을 보장하는 '장기보장주식투자신탁'이 설정되며 수탁고가 늘어났다. 85년에는 재형주식투자신탁의 가입 대상이 확대되면서 1조 120억 원까지 규모가 커졌다.

때마침 주식시장도 86년부터 상승세로 돌아섰다. '개미군단'이라는 신조어가 등장하며 주식시장의 대중화가 이뤄진 것도 이때다. 그 덕에 펀드 시장도 성장 국면에 접어들었다.

당시 주식형 펀드는 정부가 정한 설정 한도 내에서 판매가 가능해 신상품이 출시될 때마다 객장에는 고객이 장사진을 치는 진풍경도 벌어졌다. 85년 말 113만 명이던 펀드 가입자는 88년 말 306만 명으로 늘어났다. 85년 9,000억 원에 불과했던 주식형 펀드 설정액도 90년 9조 9천억 원으로 급증했다.

거칠 것 없이 치솟던 주가는 89년 3월 20일 1,000포인트를 돌파하고 4월 1일 최고점(1,007.77)을 찍었다. 85년 말 164.4였던 종합주가지수가 가파른 상승세를 이어간 것이다.

펀드 시장도 활황을 맞았다. 딱 거기까지였다. 이후 주식 시장은 92년 500포인트대로 내려앉을 때까지 3년의 시련기를 맞았다. 85~88년 과도하게 발행한 주식 물량의 부담 때문이었다.

89년 9월부터 12월까지 주가가 140포인트 이상 하락하자 시장은 심리적 공황 상태에 빠졌다. 그러자 정부는 사상 초유의 증시 부양책을 내놓는다. 한국은행의 통화 발권력을 동원해서라도 투신사가 주식을 무제한으로 매입할 수 있도록 자금을 지원하겠다는 '12·12 증시 안정화 조치'다. 과도한 주식 공급으로 주가가 하락하자 그것을 투신사의 매수로 받아내겠다는 것이다.

주가는 연말까지 급상승했다. 세 개 투신이 사들인 주식은 2조 7,697억 원에 달했다. 하지만 이 조치는 시장과 역행하며 펀드산업의 기반을 흔들고 투신사의 부실을 초래했다. 당시 투신은 920포인트 안팎에서 주식을 사들였지만 이후 주가 하락으로 막대한 손실을 입었다. 주식 매입 자금에 따른 이자 비용도 눈덩이처럼 불어났다.

1990년 등장한 보장형 펀드. 정기예금 금리(10%)를 보장하며 주가 등락에 따른 수익률도 추구할 수 있는 상품으로 투신사 부실에 큰 영향을 미쳤다. 89년 '12·12 조치'에도 불구하고 이듬해 1월 900선이 무너졌다.

이후 주식은 정부의 여러 처방에도 불구하고 한동안 맥을 못 춘다. 아무튼 삼원그룹의 기업공개는 최고 정점을 찍을 때 기업공개를 했음은 물론 이것이 정부의 권유로 국민주 성격을 띠었기 때문에 그 열기가 더욱 대단했던 것이다.

국민주라는 것은 작년 성황리에 공모주 청약을 끝낸 포항제철이나 예정되어 있는 한전과 같이 대부분이 정부의 산하 기업이 전 국민을 상대로 청약을 진행하는 것이다.

그런데 정부에서는 삼원그룹의 두 주식도 충분히 그럴 만한 가치가 있다고 판단함은 물론, 이 기회에 두 산업을 나라의 성장 동력으로 삼기 위한 배려 차원 등이 결합되어, 결과적으로 청약에 응모한 국민 한 사람당 70주가 돌아가는 청약 결과를 가져왔다.

아무튼 이렇게 성공리에 청약을 끝낸 것 외에도 태호는 그동안 보유하고 있던 600억 원의 주식을 이 시기를 전후로 전량 매도했다. 그러니까 이 600억 원이라는 돈은 여윳돈으로 처음 증권사에 넣어두었던 1천억 원 중 종잣돈으로 전량 주식에 투자된 돈을 말하는 것이다.

1천억 원 중 400억 원은 주식을 샀다가 중간에 되팔아 전자나 자동차 등의 투자 자금으로 들어가는 바람에 크게 재미를 보지는 못했지만, 나머지 600억 원의 주식을 이 시점까지 가지고 있는 바람에 평균 8~9배의 차익을 실현했다.

이렇게 되니 이 매각 대금만도 약 5천억 원에 이르는 거금이 되었다. 여기에 청약금 1조 2천억 원이라는 실탄까지 마련한 태호는, 이 돈을 이용해 믿고 투자해 준 국민들을 실망시켜지 않기 위해 대대적인 투자 계획을 세웠다.

곧 인텔과 에릭슨과의 협상 결과로 제공되는 기술력을 이용한 부품산업의 육성에 나선 것이다. 청주 전단 공단은 물론 일부는 새로 조성된 군산 공단에 이르기까지 반도체 주변 장비 및 부품과 휴대폰 중요 부품 국산화를 위한 회사가 자회사로 설립되고 생산 인력을 모집하기 시작한 것이다.

태호는 또 정상 가동을 시작한 군산의 자동차 공장의 중요부품, 또 청주의 전자산업의 부품 생산을 위해 미국과 일본의 업체들과 합작사를 설립하는 등 대대적인 투자를 했다.

이렇게 쏟아부은 돈이 3천 200억 원에 달할 정도로 크고 작은 핵심 부품 사업의 육성에 나선 것이다.

이런 속에서 89년 4월 29일 건설부 고시 제193호로 부천시 중동 일대를 정부에서 택지 개발 예정 지구로 지정하는

바람에, 태호가 전에 투자했던 땅 중 마지막 땅 또한 현금화
되었다. 이곳 역시 그간의 땅값 폭등으로 인해 200억 원이
라는 쏠쏠한 보상금을 받을 수 있게 해준 것이다.

제5장
세계의 이목을 끌다 II

반도체, 휴대폰, 전자, 자동차 등의 핵심 부품 합작사와 에릭슨에 5천만 달러를 투자하고도, 삼원그룹은 미화로 약 20억 달러의 투자 여력이 있었다. 태호는 이를 세기가 바뀌면 대호황을 맞을 원자재 사업 분야에 투자하기로 그 대상을 물색하기 시작했다.

그 기회는 우연찮게 찾아왔다. 태호가 남아공의 앵글로아메리칸그룹과의 기존 광산 투자 약속을 조금 더 일찍 실행시키기 위해, 콩고에서 본 두 개의 광산에 총 3억 2천만 달러에, 각각 50%의 지분을 확보하는 선에서 투자하기로 하고, 막 MOU를 체결한 시점이었다.

5월 중순.

태호가 점심을 먹고 막간을 이용해 오수를 즐기려는데 인터폰이 울었다. 짜증이 났지만 태호는 상반신을 벌떡 일으켜 전화를 받았다.

"저 상사의 김현구입니다."

"말씀하세요."

"한 젊은이가 자신의 회사에 투자해 달라며 막무가내로 조르는 통에……."

"무슨 소리입니까? 밑도 끝도 없이. 그냥 내보내세요. 그런 사람들 일일이 만나주면 한도 끝도 없습니다."

"알겠습니다, 회장님!"

그런데 문제는 그 젊은이의 집념이 얼마나 대단한지 일주일을 넘어 8일째도 찾아왔다는 말에, 태호도 놀라 그 젊은이를 만나보기 위해 회장실로 함께 오라고 했다.

머지않아 김 사장과 한 젊은이가 회장실로 찾아들었다. 척 보기에도 30대 초반의 백인이기에 태호는 정 비서실장과 함께 통역원을 불러들였다. 그런 상태에서 그 젊은이가 태호에게 명함을 건네며 정중히 고개를 조아렸다.

"남아공 출신 이반 글라센버그(Ivan Glasenberg)라 합니다. 명함에 보시면 아시겠지만, 미 USC(남가주대) MBA 과정을 수료했으며, 막 리치(Marc Rich) 라는 분이 창업한 원자재 회사의 아시아의 석탄 트레이더로, 현재는 홍콩 및 베이징 사무소를 책임지고 있습니다."

"그런데요?"

태호가 뜨악한 표정으로 말함에도 불구하고 그는 여전히 정중한 자세로 말했다.

"우리 회사는 1970년대 석유 거래에서 스팟 프라이싱(Spot Pricing—원자재 거래에서 선물 가격이 아닌 현물 가격을 적용한 것)이라는 기막힌 개념을 만들어내 한동안 승승장구했습니다. 그러나 1983년 미국 정부는 탈세와 공갈, 그리고 미국 인질 위기 동안 이란과 석유 거래를 한 혐의, 인종차별 정책을 폈던 남아공에게 석유를 판매하는 등, 적국과 거래를 한 혐의 등을 들어 사주(社主) 막 리치를 기소했고, 그 후 사주가 스위스로 달아나는 바람에 경영이 매우 어려운 상태입니다."

"막 리치?"

"그렇습니다, 회장님!"

막 리치라는 인물에 대해 무언가 기억이 떠오를 듯 말 듯 했다. 그러나 잠시 생각해도 당장 떠오르는 것이 없었다.

그렇지만 상기의 말에서 태호는 이 젊은이에게 약간의 동정심이랄까 동지애랄까 그런 느낌을 가진 것은 사실이었다.

그 이유는 얼마 전 남아공의 앵글로 아메리칸 그룹과 비밀리에 광산 개발 협정을 체결한 것과 같이 남아공과 사업을 하고 있다는 점이었다. 그래서 태호가 조금은 누그러진 표정으로 물었다.

"나는 다른 것이 궁금한 것이 아니라 세계 도처에 투자회사도 많은데, 하필 우리 그룹에 와서 투자 요청을 하는가 하는 점입니다."

"얼만 전 귀 그룹이 대대적인 공모주 청약을 통해 많은 자금을 확보한 사실을 잘 알고 있고, 만약 정말로 회장님이 유능한 분이시라면 다가올 원자재 시장의 활황에 대비해, 우리 같은 회사에 투자할 가치가 있음을 알아보지 않을까 생각해서 찾아뵈었습니다, 회장님!"

글라센버그의 말에 새삼 그를 다시 바라보니 레이저처럼 예리한 눈빛이 보통내기가 아닌 것으로 보였다. 더구나 무슨 운동을 하는지 잘 발달된 상하체가 평소에도 자기 관리에 철저한 인물이라는 인상을 심어주기에 충분했다.

그래서 더욱 호감을 느낀 태호가 막 무엇을 물으려는데 갑자기 그의 머릿속에 불현듯 떠오르는 생각이 있었다. 막리치라는 인물과 함께 지금 눈앞에 서 있는 젊은이에 대해서도.

빌 클린턴 대통령이 2001년 대통령 임기 마지막 날에 막

리치를 사면했고, 이는 미 정가에 큰 파장을 불러일으켰음은 물론, 세계인의 이목을 끈 흔치 않은 사건이 기억난 것이다.

또 눈앞의 젊은이가 기존의 회사를 바탕으로 여러 임원들과 훗날 차린 회사가 글렌코어(Glencore) 라는 원자재 부문의 강자가 되었고, 이 젊은이가 머지않아 글렌코어의 최고경영자에 올라 그 회사를 이끌게 된다는 사실이었다.

여기까지 기억을 끄집어낸 태호가 한결 부드러워진 표정으로 눈앞의 젊은이, 즉 글라센버그에게 말했다.

"얼마를 투자해 주었으면 좋겠소?"

"많으면 많을수록 좋겠지만 천만 달러, 아니, 백만 달러라도 감사히 받아들이겠습니다, 회장님!"

"좋아! 내 자네의 요구대로 1천만 달러를 투자하지. 단 거기에는 하나의 조건이 있어."

"뭐든지 말씀만 하십시오."

"내가 볼 때 당신이 지금 근무하고 있는 회사에 사장이 하는 짓을 보아하니 큰 변수가 생길 것 같소. 따라서 그때는 내게 더 투자할 수 있는 기회를 주면 좋겠소이다."

"오히려 우리가 환영할 일이로군요. 그런 일이라면 얼마든지 수용하겠습니다."

"좋소! 김 사장님!"

"네, 회장님!"

"정 비서실장과 함께 나가 저 젊은이가 근무하고 있는 회사에 1천만 달러를 투자하는 양해 각서를 체결하고, 그 결과를 보고해 주세요."

"알겠습니다, 회장님!"

곧 모든 사람이 나가자 태호는 회심의 미소를 지으며 한동안 실내를 왔다 갔다 했다.

*　　　　*　　　　*

다음 날.

태호는 상사의 김 사장으로부터 글라센버그의 투자 건을 보고받고 앞으로 자원 분야에 투자를 집중할 테니, 세계에 퍼져 있는 각 지사에 엄명을 내려, 이에 관한 정보가 있으면 빠짐없이 비서실장에게 보고하도록 했다.

그리고 약 두 달이 흐른 7월 중순.

정 비서실장이 아침부터 태호의 집무실로 찾아들어 보고를 했다.

"소련의 가스산업부가 가즈프롬(Gazprom)으로 바뀌면서 은밀히 자금을 모집한다는 헝가리 지사의 보고가 들어왔습니다, 회장님!"

"그것이 어찌 모스크바 지사가 아닌 헝가리 지사로부터 보고가 들어왔습니까?"

"회장님도 아시다시피 올 2월 1일 동유럽과는 최초로 헝가리와 우리나라가 수교를 맺은 사실과도 연관이 잊지 않을까요? 국가의 비호를 받는다는 것이 아무리 상사원이라지만 하늘과 땅만큼 활동에 영향을 미칠 테니까요."

삼원그룹이 헝가리를 동구 공산권 국가 중 최초의 지사 설립국으로 삼은 것은, 헝가리가 동유럽 체제 변혁 과정에서 대내외 정책 변화가 가장 분명했고, 미국과의 관계 개선도 상당 수준 진척시키고 있었기 때문이다. 아무튼 정 비서실장의 말에 태호가 질책성 발언을 했다.

"아무리 그래도 그렇지 그건 너무 심했군. 내 상사의 김 사장이 옆에 있었다면 모두 정신 차리라고 한마디 하겠구먼."

"요는 소련의 폐쇄성만큼이나 이번의 자금 모집도 은밀히 진행되고 있는데, 서방의 자본에 대해서는 경계심이 심하다는 헝가리 지사의 보고가 있었습니다."

"흐흠……!"

잠시 생각에 잠겨 있던 태호가 정 비서실장에게 지시를 내렸다.

"곧 바로 모스크바 지사에 지시해, 좀 더 구체적인 내용을 파악해 보고하도록 하세요."

"알겠습니다, 회장님!"

곧 그가 물러가고 이틀 후 아침부터 그가 다시 들어와 보고를 했다.

"모스크바 지사의 보고로는 벌서 매집이 어느 정도 끝나 보고를 안 드렸다는군요."

"뭐 그딴 보고가 있소. 하면 매집을 할 때는 뭐 하고 있다가, 참 나……."

"그들의 보고에 의하면 전부터 소련과 우호적인 관계를 맺어온 이탈리아의 유명한 방위산업체, 핀메카니카(Finmeccanica)에게만 10%의 지분을 할애한 것이 전부랍니다. 여타 서방 자본은 전혀 받아들이지 않았다는군요."

"흐흠……! 이럴 때가 아니오. 어떻게 하든 이번 기회에 가즈프롬의 지분을 다만 얼마라도 획득해야겠으니 방법을 강구해 봅시다."

"이상하십니다, 회장님! 가즈프롬만 유독 집착하시는 것이. 특별한 이유라도 있습니까?"

"우리 그룹이 투자한 마이크로소프트사 알지요?"

"네, 회장님!"

"그와 같이 대박을 터뜨릴 수 있는 회사가 바로 가즈프롬이라 생각하기 때문이라면 답이 되겠소?"

"아, 네!"

"가만있어 보자. 거 88서울올림픽 때 폴란드 단장으로 한국을 찾았던 알렉산데르 크바시니에프스키(Aleksander Kwaśniewski) 전 장관과 한번 전화 연결을 해보세요."

"체육청소년부 장관을 지냈던 분 말이죠."

"그렇습니다."

태호가 말한 알렉산데르 크바시니에프스키라는 사람과는 동구권에서 헝가리에 제일 먼저 지사를 개설하고, 다음으로 폴란드와 루마니아 지사를 개설할 때 많은 도움을 받은 젊은 정치 지도자였다.

또 그와는 그가 88서울올림픽에 직접 폴란드 선수단을 이끌고 오자, 반대로 태호가 많은 도움을 준 관계로 아주 친숙한 인물이었다. 참고로 크바시니에프스키는 1995년부터 2005년까지 폴란드 대통령을 지낼 인물이기도 하다.

아무튼 태호의 지시에 의해 폴란드의 크바시니에프스키와의 전화 연결을 기다리는 태호로서는 짜증이 날 대로 났다. 아직 동구권과는 다 그렇지만 평소 2시간이면 그래도 연결되던 것이, 오늘은 3시간 만에야 통화가 가능했기 때문이었다.

곧 영어 통역을 통해 두 사람의 대화가 이루어지기 시작했다.

"잘 지내고 계시죠?"

"물론입니다. 작년 서울에서의 환대를 아직도 잊지 못하고 있습니다."

"감사한 일이고요. 혹시 금번에 소련의 가스산업부가 가스프롬으로 변경된다는 사실은 알고 계십니까?"

"전혀요."

"그래요? 그렇다면 혹시 그쪽 인물과 선을 댈 만한 사람은 소련 내에 없습니까?"

"중앙위원 서기 겸 국제 부장이었다, 현재는 소련연방 최고회의 간부 회의장 외교특보로 있는 아나톨리 도브리닌(Anatoly Fyodorovich Dobrynin) 전 주미 대사와 좀 친분이 있습니다. 그의 신분이 신분인 만큼 폴란드를 자주 찾은 관계로 안면은 좀 있는 편이죠."

"그래요? 그와 어떻게 연결 좀 안 되겠습니까?"

"그건 즉답할 수 있는 성질의 것이 아니군요. 일단 그의 의중을 한번 타진해 보고 전화드리는 것으로 하죠."

"고맙습니다, 장관님!"

"별말씀을. 그보다 회장님께 반가운 소식 하나 전해 드리죠."

이렇게 운을 뗀 그의 말이 이어졌다.

"바르샤바 대 '조선어과'가 내년부터는 '한국학과'로 명칭

변경이 될 예정입니다. 그리고 예전 평양말로 한국어를 가르치던 교수들이 요즈음은 자신들이 서울말을 배워 가며 학생들을 가르치느라 애를 먹고 있다는 지인들의 전언입니다. 이게 다 삼원그룹이 우리나라에서 열심히 활동한 덕분이 아닌가 합니다."

"덕담 감사드리고요. 도브리닌과의 일도 잘 성사될 수 있도록 장관님께서 꼭 도와주세요."

"최선을 다해 돕겠습니다. 하고 언제 폴란드에 한번 안 오십니까? 그때는 제가 제대로 한번 모시겠습니다."

"주변국에 가는 길이 있다면 꼭 들르도록 하겠습니다, 장관님!"

"네, 알겠습니다."

이것으로 둘의 대화가 끝나고 그로부터 반나절 뒤, 그의 전화가 또 걸려왔다.

"도브리닌이 전하길 빅토르 체르노미르딘(Viktor Chernomyrdin) 천연가스산업부 장관까지는 그가 소개를 시켜줄 수 있지만, 그 이상은 손쓸 수 없다는 말을 전해왔습니다."

"그래요? 그러시다면 그와의 연결만이라도 부탁한다고 전해주세요."

"알겠습니다. 다시 연락드리겠습니다."

"고맙습니다."

88올림픽 때 크바시니에프스키와의 대화 도중, 그가 연신 한국의 경제 발전을 치하하자 태호가 말하길, '한국이 아직은 일본에 비해 경제면에서 뒤져 있다'고 하자, 그가 정색을 하고 부인하는 바람에 오히려 민망했던 기억이 떠올라 전화를 끊고 난 태호를 미소 짓게 하고 있었다.

미국인이나 서 유럽인이 '전쟁'과 '가난'으로 상징되는 한국을 기억한다면, 동유럽인은 서울올림픽 이후의 발전된 한국의 모습만을 알고 있다. 이로 인해 한국 기업인들이 서울올림픽으로 인해 동유럽에서 활동하는 데 많은 도움을 입고 있는 것도 사실이었다.

다음 날, 크바시니에프스키로부터 전화가 와 체르노미르딘 장관과의 면담까지는 다리를 놓아주겠다는 확답을 듣고, 태호는 곧장 청와대 외교안보보좌관 김종휘(金宗輝)에게 전화를 걸었다.

그와의 전화가 연결되자 태호가 말했다.

"소련 좀 다녀와야겠는데, 혹시 그쪽에 전할 말은 없습니까? 보좌관님!"

"우리야 늘 수교를 서둘렀으면 하는 바람뿐이죠. 누구를 만납니까?"

"미하일 고르바초프(Mikhail Gorbachev)의 외교특보 도브리닌입니다."

"좋습니다. 비자 발급 문제는 적극적으로 협조해 드릴 테니, 우리의 바람도 잘 전해주시기 바랍니다."

"알겠습니다. 보좌관님!"

이렇게 수월하게 아직 미수교국인 소련의 비자 문제를 해결한 태호는 그로부터 1주일 뒤 모스크바를 향해 떠났다.

수행원으로 삼원상사의 김현구 사장, 정 비서실장 외에도 10명의 경호원과 모스크바 지사에서 특별히 선발해 보낸 고려인 출신 통역원 한 명이 동행하고 있었다. 또 청와대 쪽에서 또 하나의 동행자가 있었다.

아무튼 태호가 러시아 전문 통역을 특별히 대동한 것은 주미 대사를 지낸 도브리닌이 의외로 영어에 약하다는 크바시니에프스키의 조언에 따랐기 때문이다.

청와대 쪽에서 합류한 인물은 다름 아닌 김종인 경제 수석이었다. 그런데 문제는 그가 나라의 관료가 아닌 태호의 일개 보좌관으로 일행에 합류했다는 점이었다. 소련과의 수교를 위해 어떻게든 단초를 마련하기 위한 행보일 것은 두말할 필요도 없었다.

그런 그가 기내에서 정말 태호의 보좌관이라도 된 듯 정 비서실장의 양해를 얻어 태호의 옆 좌석에 앉은 것이다. 그런 그가 태호에게 물었다.

"김 회장이 이번에 만나는 사람이 도브리닌이라고요?"

"그렇습니다."

"그에게 잘 부탁해 어떻게 하든 고르바초프를 만날 수 있게 해주시오."

"저도 그와는 금번이 처음 만나는 자리라 장담할 수는 없군요."

"만약 그 일을 성사시켜 준다면 내가 김 회장께 선물을 드릴 수도 있소."

"무슨 말씀인지?"

태호의 질문에 김 경제 수석이 오히려 반문했다.

"미국이 막강하다는 것은 김 회장도 잘 알고 있지요? 일본이 세계 최고의 번영을 구가하다가 플라자 협정을 이끌어내 족쇄를 채움으로써 일본 경제를 반신불수로 만들 정도로."

"물론이죠."

"미국이 로비의 나라라는 것도 잘 알고 있죠?"

"네."

"그런 막강한 나라의 국무 장관을 지낸 인물을 그룹의 고문으로 기용해 로비스트로 활용할 수 있다면, 미국에서의 활동에 상당한 이점이 있을 것은 주지의 사실 아니겠소?"

"제가 알기로 박사님과 조지 슐츠 전 국무 장관과는 전부터 친분이 알고 있는 것으로 아는데, 그를 말씀하시는 겁니까?"

"하하하! 그렇소. 확실히 응할지는 모르겠으나 내 청을 들어준다면, 내가 말한 대로 되도록 최대한 돕겠소."

"……."

태호가 묵묵히 생각에 잠겨 말이 없자 그가 계속해서 말했다.

"내가 슐츠 이야기까지 꺼내며 왜 고르바초프를 만나길 간절히 원하는가 하면, 소련과 먼저 수교를 해야만 중공도 은근히 몸이 달아 우리와 빨리 수교를 하려고 달려들 것이기 때문이오. 내가 그런 느낌을 받은 것은 얼마 전 비밀리에 북경을 방문하고서요."

이렇게 운을 뗀 그의 이야기가 이어졌다.

"덩샤오핑과 함께 원로회의 멤버로 경제 문제를 주로 담당해온 보이보(薄一波)를 만나 2시간 가까이 대화를 나눈 적이 있소. 그는 '한국이 중국에 접근하는 방식은 베이징 하늘에 먹구름이 몰려오고 천둥 번개가 쳐도 비는 내리지 않는 것과 같다'고 했소(베이징은 건조한 지역이라 천둥 번개가 쳐도 비가 내리지 않을 때가 많다). 급하게 추진해서는 한중 수교가 이뤄질 수 없다는 뜻이지 뭐겠소. 한국이 좀 잘 살게 됐다고 중국을 향해 이래라저래라 하지 말라는 의미로도 들렸소. 보이보는 또 중국과 북한이 혈맹 관계임도 강조했소. 그래서 나는 결심했소. 소련을 먼저 움직여야 중공을 움직일 수 있겠구나. 이 생각은 역사적 고찰로도 명백하오."

김 경제 수석은 자신의 해박한 지식을 자랑이라도 하듯 한동안 태호에게 역사 이야기를 했다. 그가 한 말을 정리하면 다음과 같은 내용이었다.

제이차세계대전 말기 미국은 일본을 어떻게 항복시킬지 고민했다. 그러다 주목한 게 만주국에 주둔한 100만여 명의 일본 관동군이었다. 관동군은 노몬한 사건 등을 통해 소련 극동군과 대립하고 있었으나 1941년 체결한 일·소 중립조약 때문에 소련군과 전투를 하지 않아 전력(戰力)이 고스란히 보존돼 있었다.

따라서 미국은 관동군이 일본 본토로 옮겨와 방어선을 치면 일본을 항복시키기 어렵다고 보고 소련에 관동군을 공격해 달라고 요청했다. 꾀가 많은 스탈린은 일·소 중립조약을 이유로 이를 거절하다가 미국이 히로시마와 나가사키에 원폭을 투하해 결정적인 승기를 잡자, 8월 8일 일본에 선전포고를 하고 포격을 가했다.

8월 15일 일본이 항복하자 극동군을 만주로 진입시켜 항복한 관동군을 무장해제시키는 영광을 누렸다. 소련은 만주국 황제 푸이(溥儀)를 체포해 하바롭스크에 수감하고, 관동군으로부터 빼앗은 무기는 옌안(延安)으로 도주해 있던 중국 공산군에 몰래 공급했다.

스탈린은 이 무기로 공산군이 국민당군을 밀어붙여 북중국을 차지할 것을 기대했다. 스탈린은 중국을 분단시켜야 장차 중국을 다루기 쉽다고 본 것이다. 그런데 마오쩌둥(毛澤東)은 운이 좋았는지 장제스(蔣介石) 군대를 대륙에서 밀어내고 통일을 이뤘다(1949). 그해 12월 모스크바를 방문한 마오쩌둥은 거만하고 비우호적인 태도를 보였다.

소련은 이런 중국을 견제하려면 만주국을 부활시키는 게 낫다고 보고, 1950년 푸이를 석방해 중국으로 돌아가게 했다. 마오쩌둥은 스탈린의 속셈을 간파하고 돌아온 푸이를 체포해 푸순(撫順) 전범 관리소에 수감했다. 푸이를 중심으로 만주족이 세력을 모을 기회를 차단한 것이다.

중국의 힘을 소진시킬 마지막 방법으로 스탈린이 선택한 것이 김일성으로 하여금 6·25전쟁을 도발케 하는 것이었다. 유엔은 미국의 주도로 북한을 침략자로 규정하고 사상 최초로 유엔군을 결성했는데, 이는 소련이 거부권을 행사하지 않았기에 가능했다.

유엔군이 인천상륙작전을 성공시켜 북진하자 위기를 느낀 마오쩌둥은 펑더화이(彭德懷)로 하여금 인민지원군을 이끌고 참전하게 했다. 스탈린의 기대대로 중국의 힘을 소진시킬 기회를 잡은 것이다.

6·25전쟁에서 중국군 36만여 명이 희생됐으나 중국은 힘을 잃거나 분열되지 않았다. 당시 위구르와 티베트 등의 독립 노력은 미약했고, 확전을 두려워한 미국은 대만의 반격을 억제했다.

말미에 김 수석은 이런 말로 말을 맺었다.

"이러한 양국의 역사 관계가 있는 터라 나는 중국과 러시아가 전쟁을 벌일 수도 있다고 보오. 그때 중국이나 러시아가 가장 먼저 접수해야 할 지역이 북한일 것이오. 중국은 북한을 장악해야 바다를 활용해 러시아를 공격할 수 있기 때문이고, 거꾸로 러시아가 북한을 차지하면 베이징이 위태로워지오. 따라서 지금 두 나라는 앙숙. 하나를 끌어들임으로써 남은 자를 초조케 해, 모두와의 수교를 이루어 내려는 것이 나의 복안이오."

태호가 그의 이야기에 고개를 끄덕이며 생각에 잠겨 있자. 그가 지치지도 않는지 계속해서 말했다.

"우리나라가 발전하려면 김 회장과 같은 젊은 총수들이 활발히 움직여 나라를 더욱 부강하게 이끌어야 한다고 생각하오. 그러나 한 가지 우려스러운 점은 우리나라 재벌들은 지나치게 욕심이 많소. 약자는 전혀 배려하지 않는단 말이오."

이 말을 받아 태호가 말했다.

"얼마 전 발렌베리그룹의 총수 페테르 발렌베리 회장을 만난 적이 있습니다. 제 모토는 그와 같이 되는 것입니다."

"정말이오?"

"물론입니다."

"하하하! 그런 정신이라면 기꺼이 나는 당신을 돕겠소. 더욱 친밀감을 느껴서라도 말이오."

"그런데 한 가지 여쭤봐도 되겠습니까?"

"얼마든지."

"수교를 위해 가시는 것이라면 안보수석이 가는 게 맞지 않습니까?"

"그야 안보 라인에서 움직이다 노출이라도 되게 되는 날이면, 주변국이 사시의 눈으로 보기 때문에 한소 수교가 더 어려워질 공산이 크고, 또 준비한 선물 보따리도 있으니 이는 경제 수석이 가는 게 맞지 않겠소?"

"그런 이유가 있었군요."

금년 50세에, 대한민국 초대 대법원장 가인(街人) 김병로의 손자로서, 독일 뮌스터 대학에서 경제학 박사를 취득했고, 1973년부터는 서강대학교 경제학과 교수로 재직하다, 5공화국 시절 국가보위입법회의 전문 위원을 지내기도 하고, 노태우 내각에서는 보건사회부 장관을 거쳐 경제 수석에 이르기까지.

여기에 훗날 여야를 넘나들며 경제민주화를 주창하는 그의 행보를 감안하면 참으로 기이한 인물이라는 생각을 태호는 금할 수 없었다.

아무튼 태호는 그의 언변 덕분에 지루한 줄 모르고 여행을 할 수 있었다.

*   *   *

일행이 모스크바국제공항에 내리니 최중경(崔中經) 모스크바 지사장이 직원 3명을 데리고 마중을 나와 있었다. 곧 일행은 그들이 수배한 차량을 타고 모스크바 지사로 향했다.

지사에 도착하자마자 태호는 최 지사장에게 도브리닌에게 전화를 넣으라 지시했다. 이에 현지 고용된 아가씨가 전화를 넣더니 말했다.

"오늘은 시간이 없고 내일 오전 11시 정각에 크레물린궁으로 오라 하십니다."

이에 태호가 말했다.

"이곳 백화점에 한번 들러봅시다."

"네, 회장님!"

일행은 곧 승용차를 타고 모스크바 시내의 한 백화점으

로 향했다. 곧 내부를 둘러보며 한국 상품 특히 자사 제품이 얼마나 진열되어 있나 보려던 태호는 실망을 넘어 어이가 없었다.

큰 백화점이 텅 비었다는 말로 표현해도 과언이 아닐 정도로 진열된 상품이 거의 없었다. 이를 눈치챈 최 지사장이 말했다.

"아직까지는 보시다시피 소련 경제가 어렵습니다. 백화점이고 어디고 모든 물자가 동이 날 정도로."

"흐흠……!"

태호가 침음하고 있자 최 지사장이 말했다.

"이참에 모스크바 관광을 하시는 것은 어떻습니까?"

"그럽시다."

곧 태호는 최 지사장이 안내하는 대로 붉은광장과 성 바실리 성당은 물론 트레치아코프 미술관, 아르황겔스 성당 등을 돌아보고 오후에는 유람선도 탔다. 이러는 동안 김 경제수석은 피곤하다고 지사에서 꼼짝 않고 쉬었다.

다음 날 오전 11시.

태호는 정 비서실장, 최 지사장, 고려인 통역만을 대동하고 크레물린궁으로 향했다. 정문에 도착하니 약속대로 아나톨리 도브리닌 외교보좌관이 마중을 나와 있었다.

"어서 오시오. 먼 길에 고생이 많았소이다."

금년 71세로 백발이 성성한 산전수전 다 겪은 노 외교관의 예상외로 따뜻한 환대에, 적이 마음이 놓인 태호가 정중히 고개를 숙이며 말했다.

"뵙게 되어 영광입니다. 김태호라 합니다."

"생각보다도 훨씬 젊군요. 한국의 제일 잘나가는 총수라 해서 좀 나이가 든 줄 알았습니다만?"

"보좌관님도 생각보다 훨씬 젊어 보이십니다. 늙지 않는 비결이라도 있습니까?"

"하하하! 말씀이 외교관인 나보다 더 노련하시군요. 자, 여기서 이렇게 아니라 안으로 들어갑시다. 아니면 잠시 주변을 한번 돌아보고 들어가시던지?"

"아, 아닙니다. 먼저 대화부터 나누고 싶습니다."

"그렇다면 따라오세요."

곧 그가 앞장을 서서 2층의 방 하나로 일행을 데리고 들어갔다.

태호가 빠른 속도로 내부를 돌아보니 썰렁할 정도로 내부에는 꼭 필요한 비품만 갖추어져 있었다. 은은한 미소로 이를 지켜보던 노 외교관의 안내로 태호는 그가 권하는 장방형의 테이블에 마주 앉았다.

곧 세 사람이 태호의 옆에 배석하고 그는 단지 통역 한 명만을 옆에 앉힌 채 말했다.

"우리 가즈프롬에 특별히 투자를 하려는 이유라도 있습니까?"

"소련 내에는 무수히 많은 가스가 매장되어 있는 것으로 알고 있습니다. 따라서 제 생각에 이를 개발한다면 가즈프롬은 머지않은 장래에 세계 에너지 기업의 강자로 부상할 것이라 봅니다. 마치 지금의 소련이 원자재 가격이 낮아 고전하지만, 머지않은 장래에 흥기할 것처럼 가즈프롬도 궤를 같이 하리라 봅니다."

"고마우신 말씀. 나도 그렇게 믿긴 하오. 한데 더 이상의 투자를 받지 않으려는 우리의 방침을 알면서도 기어코 방문한 이유를 알려주시오."

제6장
대박 투자 Ⅰ

"제 생각으로는 더 많은 자본을 받아들여 장차 도래할 고유가 시대에 대비해 그동안 최적의 생산 설비를 갖추어 놓는 것이, 가즈프롬이나 귀국을 위해서라도 바람직하지 않겠는가라는 생각을 가지고 있기 때문입니다."

　"아무튼 좋소. 그 문제는 체르노미르딘과 의논하시고 더 할 말은 없소?"

　"금번에 저와 통행한 인물을 한번 만나주시죠. 대통령 경제 수석 보좌관입니다."

　"그가 왜……?"

"자세한 것은 모르나 두 나라의 관계를 좀 더 긴밀히 하기 위해 온 것이 아닌가 합니다."

"좋소. 그 먼 곳에서 여기까지 왔다는데 그냥 돌려보내는 것도 예가 아닐 것이고, 만난다고 해서 손해 날 일도 없겠지요."

"체르노미르딘 장관과는 언제……."

"오후 1시 정각에 시간 약속을 잡아놓았소."

"감사합니다."

"자, 나가서 궁도 구경하고, 그것이 끝나면 식사라도 한 끼 같이합시다."

"네, 보좌관님!"

이렇게 태호는 궁 외부에 진열된 세계 최대 구경의 대포, 세계 최고 크기의 종, 병기고 등을 구경하며 시간을 보내다가 점심도 맛있게 먹었다.

실제로는 음식이 별로 입에 맞지 않았지만 태호는 나오는 족족 접시를 비운 것이다. 사업하는 사람들은 음식이 맛없어도 맛있게 먹을 줄 알아야 하고, 배가 불러도 감내하고 더 먹을 수도 있어야 한다.

상담을 하는 도중 깨작깨작 먹는 모습을 보이면 상대의 기분도 과히 좋지 않아 상담에 악영향을 미칠 수도 있으므로, 맛이 없어도 맛있게 먹어야 하고, 배가 불러도 억지라도 맛있게 먹어야 하는 것이 사업가의 기본 자세라 태호는 생각하는 것이다.

어찌 되었든 식사가 끝나자 도브리닌은 김 수석과의 약속 시간도 잡아주었다. 오후 3시 크레물린궁 정문으로 그를 오라고. 이 사실을 크레물린궁 정문에서 제지당해 기다리고 있던 윤정민 차장에게 알려주고, 태호는 일행을 이끌고 안내로 붙여준 소련인 통역을 따라 움직였다.

다시 궁 내부로 들어와 소련인 통역이 안내하는 대로 한 방에서 잠시 기다리고 있으니, 금년 52세인 건장한 체격의 빅토르 체르노미르딘이 통역 및 보좌관 한 명을 데리고 나타났다.

"반갑소이다."

말과 함께 체르노미르딘이 큰 손을 내밀었다.

"삼원그룹의 김태호라 합니다."

"자, 앉읍시다."

곧 여섯 사람을 장방형 테이블을 가운데 두고 나누어 앉았다.

"그래, 가즈프롬에 투자를 하고 싶다고요?"

"그렇습니다, 장관님!"

"어렵다는 것은 알고 오셨죠?"

"그렇습니다만, 우리의 투자를 받아 석유 및 가스가 앙등(昂

騰)할 때를 대비해 시추 및 생산 설비를 갖추어놓는 것이 더 이익 아니겠습니까?"

"우리도 모르지 않소. 하지만 우리는 우리의 국부가 서방으로 흘러들어 가는 것을 원치 않소."

"하오면 핀메카니카는 어떻게 된 일입니까?"

"그들이 비록 이탈리아 기업이지만 우리와는 오래전부터 유대 관계를 맺어왔소. 금번에는 수호이를 여객기로 공동 개발하기로 했고."

"우리도 얼마든지 그렇게 할 의향이 있습니다. 항공 분야도 투자할 수 있다는 말입니다."

"아직까지는 우리가 적성국임을 잊지 맙시다. 먼 미래는 어떻게 될지 몰라도."

말하는 족족 받아치며 어긋나니 태호로서도 난감해졌다. 그렇게 둘의 대화는 끝내 겉돌았고 태호는 깊은 실망감을 안고 지사로 돌아오지 않을 수 없었다. 그런데 갑자기 변화의 시간이 왔다. 오후 5시 도브리닌이 지사로 찾아와 크레믈린궁 입성을 재촉한 것이 그 발단이었다.

도브리닌은 태호에게 통역만을 대동하라 이르고 한 방으로 그를 안내했다. 그런데 그곳에는 사진으로 보아 익숙한 미하일 고르바초프가 있는 것이 아닌가. 뿐만 아니었다. 김 경제 수석도 미소를 보내고 있어, 일이 잘 풀렸구나 하는 느낌을 직감적으로 받았다.

이를 증명이라도 하듯 고르바초프가 미소 띤 얼굴로 태호에게 손을 내밀었다.

"어서 오시오. 먼 데서 오신 귀한 손님을 가스산업부 장관이 홀대했다는 말을 들었소. 그래서는 안 되지. 당장 그를 호출하시오."

고르바초프의 말에 젊은 보좌관이 바쁘게 움직이고 고르바초프가 태호와 김 수석을 탁자로 안내하며 말했다.

"양국의 수교도 중요하지만 상호 빈번한 경제 교류가 있어야만 양국의 우의가 더욱 돈독해질 터. 오늘 내 그 본보기로 자그마한 선물을 할 테니 기대해도 좋소."

이쯤 되자 태호의 안색이 확연히 밝아지는데 김 수석이 말했다.

"대한민국 제1기업 총수가 귀국과의 경제 교류에 이렇게 적극적이니, 장래 양국의 경제 교류가 더욱 긴밀해질 것을 믿어 의심치 않습니다, 각하!"

이를 받아 고르바초프가 말했다.

"내 생각이 바로 그거요. 그렇기 때문에 이번에 가급적 빈손으로 돌려보내지 않기 위해 애쓰고 있는 것 아니오?"

"감사합니다, 각하!"

태호가 시의적절하게 감사를 표하자 빙긋 웃은 고르바초

프가 손짓으로 둘에게 자리를 권하더니 말했다.

"내 생각에는 5%선이 적당할 것 같은데, 김 회장의 생각은 어떻소?"

자신의 성씨까지 알고 있는데 내심 깜짝 놀란 태호였지만 그렇다고 이 먼 곳까지 와 5%에 만족할 수 없어 답변했다.

"5%를 떼어주시는 것도 감사한 일이지만, 10% 정도면 더욱 좋겠습니다, 각하!"

"하하하! 나도 그렇게 하고 싶습니다만, 우리의 내부 사정도 있고 하니, 오늘은 이 정도 선에서 김 회장이 만족하면 좋겠소. 로마가 하루아침에 이루어지지 않았다는 말처럼 우리 다음을 기약합시다."

"알겠습니다, 각하!"

체르노미르딘이 오기도 전에 이로써 모든 것이 타결되었다. 뒤늦게 나타난 그는 단지 협정문을 만들어 대표로 사인한 것 외에는 할 일이 없게 되었다.

즉, 총 자본금 25억 달러 중 1억 2천 5백만 달러를 출자하고 가즈프롬 지분 5%를 획득하는 것을 주 내용으로 하는 협정 체결이었다. 아무튼 고르바초프의 환대는 여기서 그치지 않았다. 그는 양인을 조금 이른 시각의 만찬에 초대하기까지 했다.

이렇게 소련의 방문에 대성공은 아니지만 어느 정도 만족할 만한 성과를 거둔 태호는 김 수석과 헤어져 곧장 이탈리아로 날아갔다. 소련에서는 살 수 없으니 금번에 10%의 지분을 획득한 이탈리아 2위의 업체이자 전 세계 8위의 방산업체인 핀메카니카에게서, 가즈프롬의 지분 일부를 살 수 없을까 알아보기 위해서였다.

그러나 결과적으로 헛수고에 그쳐 태호로서는 실망감이 이만저만이 아니었다. 그런데 설상가상으로 자동차 부품 중 등속 조인트를 생산해 공급해 오던 전 아메리칸 모터스의 업체가, 돌연 생산을 중단하고 철수를 결정했다는 내용을 한국에서 전해왔다.

그 이유는 이 회사에 근무하던 종업원들이 높은 임금 인상을 요구하며 파업을 한 것이 결정적인 이유였다. 이렇게 되면 당장 지프 생산에 타격을 받게 되니 태호는 부랴부랴 전 세계 각국 지사에 지시를 내려 등속 조인트 생산 업체를 찾아보도록 했다.

그 결과 영국의 GKN사가 이 분야의 강자로 세계시장 약 40%를 점하고 있는 것을 알고 태호는 즉각 런던으로 날아갔다. 태호 일행이 히드로국제공항에 내리니 주영호 런던 지사장이 몇몇 지사원들을 이끌고 마중을 나와 있었다.

런던 특유의 날씨답게 보슬비가 부슬부슬 내리는 가운데 일행은 곧 주영호 지사장의 안내로 지사로 향했다. 차 안에서 주 지사장이 보고를 했다.

"GKN과 긴급 협의를 벌인 결과, 우리와 합작 법인을 설립하여 등속 조인트 및 엔진 생산까지 할 의사가 있다는 내용을 피력하고, 마침 런던에 체류 중인 피터 게스트 아·태 담당이사를 파견하기로 했습니다, 회장님!"

"거 잘됐군요. 수고했습니다."

다급한 상황을 모면하게 해준 주 지사장을 칭찬한 태호는 솔직히 GKN사는 잘 몰랐으므로 GKN이 어떤 회사인지 캐물었다. 이에 주 지사장이 즉각 답변했다.

"GKN은 철강과 자동차 부품 등을 주로 생산하는 영국 기업으로 영국재계 서열 15위 정도에 랭크되어 있는 큰 회사입니다. 산업혁명 당시인 1759년 영국 웨일스주 머티르 티드필에 설립되어, 볼트, 너트 등을 생산하다가 엔진 등 자동차 부품 등 냄비에 이르기까지 수많은 철강 제품을 생산하고 있습니다. 회사 창립 후 244년 동안 딱 한 해만 적자를 기록한 것과, 수많은 엔지니어들을 거느리고 있는 것으로 유명한 기업이기도 합니다."

여기서 한숨 돌린 주 지사장의 보고가 계속되었다.

"수많은 엔지니어들을 거느리고 있으면서도 적자를 기록하지 않는 것은 그들을 어느 프로젝트에 임시로 대여했다가 다시 고용하는 이상한 형태를 취하고 있기 때문입니다.

어느 기업이 어느 유망 프로젝트를 수주해 그 분야의 엔지니어들을 대거 모집했는데, 만일 그 프로젝트가 지연되거나 아예 취소되면 큰 손실을 입게 되지 않습니까? 하지만 GKN은 제가 위에 설명한 대로 대여와 재고용을 반복함으로써 쓸데없는 인건비 지출을 막는다는 것이죠."

"거참, 재미있는 기업이군."

이렇게 두 사람이 이런저런 이야기를 나누다 보니 런던의 금융 중심가인 '스퀘어 마일'에 위치한 지사에 도착해 일행 모두가 그 안으로 들어갔다.

지사에서 잠시 휴식을 취한 태호는 사전 약속에 따라 루커리호텔로 이동을 했다. 그곳 라운지에서 태호는 피터 게스트 아·태 담당이사와 담판을 벌여 총 자본금 100억 원의 합작 회사를 설립해 엔진과 등속 조인트 제품을 생산하는 것까지는 성공을 했다.

그러나 3일의 지루한 지분 협상 속에서도 서로 경영권을 쥐기 위해서인지 쉽게 타결되지 않았다. 그런데 나흘째 되던 날 그들이 이상한 패 하나를 제시했다.

즉, 삼원그룹이 5억 달러를 더 투자해 헬기 제조 업체인 웨스트랜드사를 공동 인수 해 50 : 50의 합작사를 설립한다면, 자동차 부품 합작사의 경영권을 넘겨줄 수도 있다는 패를 제시한 것이다.

그러나 태호로서는 이 제의에 금방 답할 수 없었다. 웨스트랜드사에 대한 정확한 정보가 있어야 하기 때문에 일주일의 말미를 얻었다. 그리고 웨스트랜드사에 대해 정보를 모아 보니, 이 회사는 시킹 조기 경보 헬기를 생산하는 업체로 판로가 없어 매년 적자를 기록하여 매물로 나온 업체였다.

많은 정보를 얻을 수 없어 태호는 다시 피터 게스트 아·태 담당이사를 만나 GKN사의 입장을 들어보기로 했다. 태호의 질문에 그가 답변했다.

"10억 달러라는 돈이 거금도 거금이지만, 요는 인수를 한 후에도 판매가 잘 이루어져야 하는데, 우리의 현재 판로로는 유럽이 중심이 될 수밖에 없습니다. 그러나 만약 한국 기업과 공동 생산을 하게 되면 한국과 주변 아시아 지역은 물론 중동 지역까지 판매망을 넓힐 수 있기 때문에 합작을 제의하게 된 것이죠."

이에 태호가 다른 질문을 했다.

"조기 경보 헬기를 만들 수 있다면 다른 헬기도 만들 수 있는 것 아니오? 예를 든다면 대잠 헬기라든가. 공격용, 또는 구조 및 상업용 헬기 등 말이오."

"아! 훌륭한 제안입니다. 물론 가능하고요. 하지만 나름 특색이 있기 때문에 조금 더 기술적 보완이 이루어져야 할 것입니다. 그렇지만 그런 제품을 개발하는 데 큰 문제는 없을 것으로 봅니다. 그들 자체 엔지니어들도 있겠지만, 우리의 수많은 엔지니어들 중 이 분야에 특화된 자들을 투입시킨다면 개조는 큰 문제가 되지 않을 것으로 보입니다, 회장님!"

"좋습니다. 웨스트랜드사를 공동 인수 하기로 하고, 자동차부품 회사의 지분은 얼마로 하시겠습니까?"

"우리가 1%를 빼드리죠. 그러면 경영권을 쥐는 데 큰 문제가 없지 않겠습니까?"

"좋습니다. 그렇게 하기로 하고 귀사가 보유한 여러 분야의 기술 이전도 고려해 주셨으면 좋겠습니다."

"물론입니다. 양 사가 이제 같은 길을 걷게 되었는데, 큰 문제가 되지 않는다면 서로 협력해 승자의 길을 걷도록 해야죠."

"좋습니다."

태호가 동의하는 것으로 협상은 끝났고 실무선에서 협정문의 구체적인 내용을 작성하는 것으로 모든 것이 마무리되었다.

이로써 모든 일정을 끝낸 태호는 곧 귀국길에 올랐다.

1990년 9월 30일 뉴욕의 유엔 본부에서 양국의 외무 장관 사이에 이루어진 한국과 소련의 공식 수교에 이어, 1992년 8월 24일 한국과 중국은 그동안의 적대 관계를 청산하고 국교를 정

상화했다.

또 93년 2월에는 문민정부라는 슬로건을 내건 김영삼 정권이 이 땅에 들어섰다. 그러고도 1년이 더 흐른 1994년 3월 중순. 태호는 스위스로부터 한 통의 전화를 받고 급히 출국했다.

그리고 태호가 도착한 곳은 스위스 취리히 인근 바르(Baar)라는 조용한 마을이었다. 구불구불한 언덕 위에서 한가로이 풀을 뜯어 먹는 소들의 모습이 보이는 목가적인 풍경의 이 시골 마을에 글랜코어 본사가 위치하고 있었기 때문이다.

스위스 초콜릿 포장지에나 나올 법한 풍경의 이곳은 세율도 낮다. 태호가 도착하니 관례대로 이 회사 방문객들 모두에게 고급 스위스 초콜릿을 선물로 주듯, 일행 모두에게도 적정 온도가 유지되는 목재 상자에 담긴 초콜릿 상자를 나누어주었다.

태호는 곧 영접 나온 글라센버그 이하 고위 간부들과 함께 유리와 철근으로 둘러싸인 4층 본사 건물의 조용한 사무실을 둘러보기 시작했다. 컴퓨터 모니터와 전화가 전부인 자신의 책상에서 각 트레이더들과 매니저들이 원자재 시장의 움직임을 주시하면서 큰소리로 웃고 떠들며 활발하게 거래를 하고 있었다.

현재 글렌코어가 채굴해 운반하는 원자재들은 인터넷으

로 연결된(Connected) 우리 삶의 거의 모든 영역에 쓰이고 있다. 휴대폰을 충전하고, 컴퓨터 전원과 전등 스위치를 켜고, 자동차, 기차 그리고 비행기를 운전하고, 시리얼이나 회한 접시를 먹거나 설탕이 들어간 커피를 마시는 모든 활동들이 글렌코어와 연관이 있다.

이 회사는 콜럼비아, 호주, 페루, 네덜란드, 그리고 기타 지역에 있는 창고 및 항만 시설을 이용한다. 대부분 임대인 회사 소속 선박들은 수십 개 국가에서 12종류의 광물을 채굴, 운반, 판매까지 한다.

카길(Cargil), 리오 틴토(Rio Tinto), 비에이치피 빌리턴(BHP Billiton) 등 경쟁사들은 이 가운데 일부 사업만 영위하고 있는데 이들은 전 분야에 손을 뻗치고 있는 것이다.

글렌코어의 사업 모델은 전통적인 중개업이다. 바르 본사의 추진력 있고 야심 찬 트레이더들이 연간 수백만 달러를 벌어들이고 있다. 그들은 운반이 가능한 것이면 무엇이든 판매할 수 있다고 자부한다.

킬로, 톤, 그리고 배 한 척당 붙는 마진은 적지만, 효과적인 전달 방법으로 고객들에게 대량 판매를 하고 있다.

폴 가이트(Paul Gait) 런던 주재 번스타인 투자 경영 연구소(Bernstein Investment Research and Management) 수석 애널리스트는 '이는 세계 경제에 매우 중요하다. 세계는 항상 원자재가 필요할 것이다. 이는 불변의 진리'라고 말한다.

아무튼 구경을 마친 태호는 4층 부사장실에서 글라센버 그와 마주 앉았다. 그가 먼저 입을 뗴었다.

"둘러보신 소감이 어떻습니까?"

"대단한 수완가들만 모아놓은 것 같소."

"전화드린 대로 이들 수완가들을 손에 넣을 기회가 도래 했습니다, 회장님! 수배자로서 아무 것도 하는 일 없이 우리 의 소득에 빨대만 꽂고 있는 막 리치(Marc Rich)를 전 간부 들이 단합해 손을 뗄 수 있게 만들었습니다. 총 6억 달러를 주면 자산 전부를 물려주고 조용히 물러가겠다는 것입니다, 회장님!"

"흐흠……! 내가 6억 달러만 출원하면 되오? 운영자금은?"

"전 임원들이 각출한 돈이 2억 달러 정도 됩니다. 충분치 는 않지만 꾸려가는 데 특별한 어려움이 있는 것도 아닙니 다."

"내가 만약 2억 달러를 더 출원한다면 80%의 지분을 갖 게 되는 것이오?"

"물론 그렇습니다, 회장님!"

"좋소! 그렇게 하도록 합시다."

태호가 이런 결정을 단숨에 내린 데는 이유가 있었다. 글 렌코어가 2015년 매출기준 1,705억 달러로, 당해 포춘 글로

벌 500대 기업 순위 14위로 오르는 데 충분할 만큼 놀라운 실적을 기록하는 것을 기억에서 끄집어냈기 때문이었다.

AT&T, 셰브론, 그리고 제너럴 일렉트릭처럼 친숙한 기업들보다 더 높은 순위로, 글렌코어의 사업 스케일은 다른 기업들이 범접할 수 없을 정도로 크고 광범위했다.

아무튼 태호는 8억 달러를 출자해 80%의 지분을 확보한다는 말에 이어 글라센버그가 미처 뭐라 할 새 없이 단서 조항을 달았다.

"단, 당신이 최고경영자가 되어 진두지휘해야 하오. 하면 나는 당신에게 전권을 부여하고 가급적 간섭을 않을 생각이오."

"감사합니다, 회장님! 회장님의 뜻에 따르겠습니다."

"간부 회의를 소집해 주시오."

"네, 회장님!"

곧 부사장 지위에 올라있던 이반 글라센버그에 의해 전 임원 이상의 간부 회의가 소집되었고, 태호는 8억 달러의 자금을 출연해 80%의 지분을 얻는 데 대한 그들의 동의를 확보했다.

그리고 태호는 이반 글라센버그를 사장 겸 최고경영자로 임명하고 전권을 부여했다. 곧 그곳을 떠난 태호는 취리히를 거쳐 곧장 뉴욕으로 날아갔다.

*　　　*　　　*

아마존 창립자 제프 베조스(Jeff Bezos)가 7월 27일(현지시간) 빌 게이츠를 제치고 세계 최고 부자에 등극했다.

블룸버그(Bloomberg) 통신은 이날 오전 10시 10분 아마존의 주가가 전장보다 1.3% 오른 105.92달러로 상승함과 동시에, 베조스의 자산 909억 달러(101조 5,600억 원)로 증가했다고 밝혔다.

이는 전날 기준 908억 달러(101조 4,500억 원)였던 빌 게이츠의 순 자산을 넘어선 규모다. 그러나 월가(Wall Street)의 예상치에 미치지 못한 실적으로 인해, 오후 들어 2분기 실적 발표를 앞두고 아마존 주가는 하락했다.

이로 인해 베조스의 자산도 다시 893억 달러로 줄어 '세계 최고 갑부' 자리를 불과 4시간 만에 반납했다. 블룸버그가 27일 발표한 세계 5 대 최고 갑부 리스트에는 빌 게이츠(61)가 여전히 선두를 달리고 있다.

뒤이어 제프 베조스(53), 투자의 귀재 워런 버핏(86)과 인디텍스 창업자인 스페인 갑부 아만시오 오르테가(81), 마지막으로 페이스북 창업자 마크 주커버그(33)가 5위로 등록되었다.

아마존의 주식의 17%를 보유하고 있는 베조스를 만나기 위해 태호는 뉴욕 월스트리트에 위치한 헤지 펀드의 부사장 데이비드 쇼(David E. Shaw)를 찾았다. 이는 미국 전 지사는 물론 각지에 퍼져있는 전 정보원들이 보름 동안 추적한 끝에 찾아낸 결과물이었다.

전혀 예상치 못한 낯선 동양인의 방문에 30세의 젊은 제프 베조스의 눈이 커질 대로 커졌다.

"어떻게 오셨습니까?"

"귀하와 사업을 논의하고 싶어 한국에서 날아왔습니다."

"사업? 무슨 사업을 말하는 것입니까?"

"당신이 현재 창업하려고 하는 사업."

"뭐라고요? 그것을 당신이 어찌 알고 있습니까?"

마치 귀신을 보기라도 한 듯 자신도 모르게 의자를 뒤로 미는 그를 보며 태호는 여전히 침착한 얼굴로 만면에 가득 미소를 짓고 말했다.

"나로 말할 것 같으면 대한민국 제일기업 삼원그룹의 총수로서 이곳 뉴욕을 비롯해 미국 전역에만 해도 수십 개의 지사가 있고, 거느리고 있는 정보원만 해도 수천 명이 넘소. 따라서 당신이 창업 동지를 찾아 헤매고 있다는 말을 들었고, 나는 당신의 아이디어에 적극 공감해 한국에서 바로 날아온 것이오."

물론 태호가 말한 내용 중 정보원이 수천 명이라든지, 한국에서 바로 날아왔다는 말은 양념용 거짓말이었다. 아무튼 태호의 말에 여전히 놀란 표정을 감추지 못한 베조스가 물었다.

"인터넷 쇼핑몰 운영 업체 설립을 말하는 것이죠?"

"그렇소."

"한국 제일 그룹 총수라는 당신의 눈으로 보기에도 가망성이 있어 보입니까?"

"그렇지 않으면 무엇 때문에 먼 이곳에 찾아왔겠소."

"휴……!"

아직도 자신의 아이디어에 성공의 확신은 없었는지 태호의 말에 안도의 한숨을 쉰 그가 조금은 위축된 모습으로 말했다.

"나는 자본이 거의 없습니다."

"얼마나 있소?"

"부모님이 노후 자금으로 마련해 둔 돈 30만 달러가 전부입니다. 그것도 며칠 전에야 어렵게 승낙을 받아낸 돈입니다."

"좋소. 창업 자금으로 얼마가 필요합니까?"

"많으면 많을수록 좋겠지만, 최소 100만 달러는 되어야……"

"하하하! 아무래도 너무 적은 것 같소. 초기 자본을 200만 달러로 합시다."

"그렇게 되면 내 지분이 너무 적어집니다만?"

"하하하! 그 문제는 너무 걱정 마오. 나머지 170만 달러를 내가 투자하고 지분은 49%만 주시오. 이는 경영마저 온전히 당신에게 맡기겠다는 소리요. 어떻소?"

"정말 그렇게 해주시겠습니까?"

"두말할 것 없이 이 자리에서 바로 계약서를 작성하면 되지 않겠소?"

"좋, 좋습니다. 바로 계약서를 작성하죠. 두말하기 없기입니다."

"하하하! 물론이오!"

이렇게 되어 태호는 바로 그 자리에서 제프리 프레스턴 베조스(Jeffrey Preston Bezos)와 함께 역사적인 협정문에 사인을 하게 되었다. 이로 인해 94년 6월 인터넷 쇼핑몰 업체인 '아마존닷컴(AMAZON.COM)'이 세상에 첫선을 보이게 되는 것이다.

이후……

아마존은 정말 매섭게 성장했다. 반즈앤노블, 이베이, 그루폰 등 미국 내 경쟁자들은 아마존을 따라잡지 못했다. 1995년 고작 51만 달러(5억 6,000만 원)에 불과했던 아마존의 매출은 2013년 745억 달러(약 82조 원)로 수직 상승 했다.

아마존이 이렇게 급성장할 수 있었던 비결은 뭘까. 사용자의 마음을 사로잡았기 때문이다. 사용자가 쉽고 저렴하게 원하는 것을 구매할 수 있게 함으로써 아마존을 이용한 사용자가 다른 곳에서 제품을 구매한다는 상상 자체를 못하게 했다.

사용자의 마음을 사로잡은 아마존만의 독특한 시스템은 어떤 것이 있을까. 일단 쉬운 결제를 들 수 있겠다. 1999년 아마존은 미국 특허청에 원클릭(1-Click)이라는 이름의 특허를 등록하고, 이를 아마존 홈페이지에 적용했다. 원클릭은 버튼 한 번만 누르면 즉시 주문과 결제가 이뤄지는 시스템이다.

사용자는 자신의 아마존 계정에 신용카드 정보만 입력해두면 즉시 원클릭을 이용할 수 있었다. 주문과 결제가 편리해지니 주문은 폭증했고, 그만큼 아마존의 매출도 급성장했다.

아마존은 결제만큼 환불도 쉬웠다. 당시 일반 전자 상거래 사이트는 제품을 반품하려면 구매자와 판매자 간의 합의가 필요했다. 아마존은 그런 것이 필요 없었다. 사용자는 제품을 반품하기 위해 판매자와 실랑이를 벌이지 않아도 됐다.

배송 상자 겉에 적혀 있는 주소로 제품을 다시 보내기만 하면 알아서 반품과 환불 처리가 완료됐다. 지금이야 어떤 전자 상거래 사이트든 너무나도 당연한 시스템이지만, 아마존은 예전부터 '묻지마 반품' 시스템이 활성화되어 있었다.

무조건 남들보다 더 싸게 파는 박리다매 전략도 주효했다. 온라인 쇼핑몰은 오프라인 상점과 직원을 유지할 필요가 없기 때문에 한층 저렴한 판매가 가능하다. 아마존은 여기서 한발 더 나가 자신의 이익을 포기하면서 출혈 경쟁을 시작했다.

사용자들은 아마존이 내놓는 밑지고 파는 것 아닌지 의심스러운 제품 패키지에 열광했다(애널리스트들의 분석에 따르면 이는 실제로 밑지고 파는 제품이 맞다). 싼 것을 싫어하는 소비자는 그 어디에도 없다. 아마존은 너무나도 당연한 것을 실제로 실천에 옮긴 것뿐이다.

웹 페이지 캐시를 활용한 제품 미리 보여주기 기능도 인상적이다. 아마존은 사용자의 웹 브라우저에 남아 있는 캐시를 활용해 사용자가 과거에 살펴봤던 제품을 리스트 형태로 다시 보여주는 서비스를 전자 상거래 사이트 가운데 최초로 선보였다. 이를 통해 사용자들이 구매를 망설인 제품을 실제로 구매하도록 유도하는 효과를 거뒀다.

아마존은 높은 매출과 달리 영업 이익이 바닥 수준이다.

대부분 그 비율이 1%가 채 되지 않고, 그마저도 적자를 기록하는 경우가 많다. 영업 이익이 기업의 내실을 판단하는 척도인 점을 감안하면 아마존의 낮은 영업 이익을 걱정하는 우려의 목소리가 나올 법하다.

하지만 이는 베조스의 고도의 경영 전략이다. 베조스의 경영 철학은 확고하다. 투자자에게 높은 수익을 주지 않고, 대신 사용자들에게 보다 저렴하게 콘텐츠와 서비스를 제공하겠다는 것이다. 이렇게 시장 지배력을 확보하면 낮은 영업 이익은 큰 문제가 되지 않는다는 주장이다.

대부분의 기업은 새로운 사업 영역 개척 및 R&D 비용을 확보하기 위해 외부에서 투자를 유치한다. 아마존은 투자 대신 벌어들인 현금을 투입해 새로운 사업 영역을 개척하고 R&D 비용을 확보하고 있다. 이러한 방침 덕분에 베조스는 투자자들의 눈치를 보지 않고 자신이 옳다고 믿는 분야에 지속적으로 투자할 수 있었다.

"성장(Growth)은 낮은 가격구조(Lower Cost Structure)와 낮은 가격(Lower Price)에서 나오고 이는 곧 훌륭한 고객 경험(Customer Experience)으로 이어진다."

베조스는 이렇게 말했다.

훌륭한 고객 경험은 곧 홈페이지 트래픽 증가(Traffic)로 이어지고, 이를 통해 판매자들(Sellers)을 끌어들일 수 있다는 것이다.

궁극적으로 판매자가 늘어난 만큼 고객 경험의 질도 한층 상승할 것이라고 설명했다. 이것이 베조스가 그린 아마존의 경영 전략이다. 그 어디에도 이윤이 끼어들 자리는 없다.

비록 4시간이더라도 그는 세계 최고의 부자 서열에 오르지도 않았는가. 아무튼 태호는 며칠 사이에 아마존닷컴에 발을 들였고, 글랜코어를 인수함으로써 크게 만족하고, 이날 오후에는 쇼핑 금액을 전액 회장 개인 돈으로 지불하겠다고 천명하고 수행원 및 모든 사람들에게 휴식과 함께 각자 알아서 쇼핑을 하도록 했다.

뉴욕에서 귀국한 태호는 이틀 후 예정된 둘째 동생 성호의 결혼식에 참석하기 위해 그 전날 고향 집으로 향했다. 삼원유토피아에서 삼원토피아로 상호가 바뀐 패스트푸드점을 청주에서 운영하고 있는 동생이었다.

신부는 그의 점포에서 일하던 아르바이트생이었다. 즉, 충북대학교를 다니며, 아르바이트하던 학생이 마음에 들었는지 삼 년의 열애 끝에 그녀가 졸업하자마자 금번에 식을 올리게 된 것이다.

태호는 그런 동생을 위해 청주에 45평 아파트 한 채를 사주었다. 물론 동생이 사양했지만 집을 사준다는데 마다할 사람 없는 것과 같이 동생은 못 이기는 척 그곳에 신혼살림을 꾸리게 되었다.

아무튼 태호는 벌써 일곱 살이 된 딸 수연과 이후 태어난 올해 세 살의 남동생 영창(永昌)과 아내 효주를 데리고 청주로 향했다. 여기서 아들의 이름도 외할아버지인 이 명예회장이 지어주었다.

그러나 태호로서는 썩 마음에 들지는 않았다. 영원히 그의 제국이 창성하라 지어줬는지는 모르지만, 무슨 악기회사 이름 같은 게 썩 내키는 이름은 아니었던 것이다. 그러나 돈을 내고 잘되라고 지어준 이름을 거절하기도 마땅치 않아 아들놈의 이름은 그대로 영창이 되고 말았다.

아무튼 차는 꼬리에 꼬리를 물고 긴 행렬을 이루며 고속도로를 달리고 있었다. 그러길 30분 만에 청주 톨게이트를 통과한 차량은 이내 청주 시내로 진입해 동생의 사업체가 있는 곳으로 향했다.

마침내 동생이 운영하는 패스트푸드점에 도착하니 점포는 오늘도 문이 열린 채 성업 중이었다. 곧 대식구의 등장에 안에서 일하던 동생과 이제 안 사장이 된 그의 아내가 함께 튀어나왔다.

"어서 오세요. 형님!"

동생이 무덤덤하게 인사를 하는데 비해 25세의 예쁜 제수 씨가 반갑게 인사를 했다.

"안녕하세요. 시아주버님!"

"힘들지 않아요?"

"계산만 하니 힘들 게 전혀 없어요. 아니, 재미있어요. 돈 들어오는 재미요."

"하하하! 그렇다면 다행이고요."

둘이 인사를 나누는 사이 동생 성호는 형수에게 인사를 하고 또 동서 간의 인사도 진행되었다. 그사이 조카들을 안 아주고 있는 동생을 보며 태호가 그에게 말했다.

"오늘은 좀 일찍 끝내도록 해."

"그러려고요."

"네가 잠시 계산대 맡아라."

"네?"

"제수씨와 잠시 이야기 좀 나누려고."

"아, 네."

동생에게 양해를 구한 태호는 곧 제수씨에게 다가가 말했 다.

"잠시 좀 볼까요?"

"아, 네!"

어려운 시아주버니가 보자는 말에 잠시 놀란 얼굴이었으

나, 그녀는 태호를 따라 옆 건물로 향했다. 2층에 있는 커피 전문점이었다.

'스타벅스(Starbucks)'라고 태호의 제안에 프랜차이즈 법인 내에 새로 생긴 한 체인점이었다. 원역사에서 스타벅스는 1997년에 스타벅스커피 인터내셔날과 ㈜신세계가 라이센스를 체결하여 ㈜에스코코리아로 진출하였고, ㈜에스코코리아는 2000년에 사명을 ㈜스타벅스 코리아로 변경한 것을, 태호의 제안에 의해 삼원그룹에서 선수를 친 것이다.

아무튼 이 역시 동생 성호가 운영하고 있었는데 매장관리는 처제, 즉 제수씨의 동생에게 맡겨져 있었다. 물론 그녀는 아르바이트생이었고, 그녀가 없을 때는 제수씨가 관리하고 있었다.

아무튼 태호는 제수씨를 이끌고 매장 내로 들어갔고 중앙의 빈자리에 자리를 잡았다. 이때 효주가 아이들을 데리고 따라 들어와 말했다.

"여보, 나도 커피 한 잔 마시고 싶어요."

"응, 그래? 당신만 먹지 말고, 수고하는 경호원들에게도 모두 한 잔씩 돌려."

"네."

그녀가 카운터로 가 주문을 하는 동안 태호는 제수씨에게 물었다.

"부모님들이 슈퍼를 하며 어렵게 산다고 들었습니다."

"어려운 정도는 아니고요. 그냥 밥은 먹고 살아요."

"어찌 되었든……."

말을 하며 품속에 손을 넣은 태호가 흰 봉투 하나를 꺼내더니 그녀 앞으로 밀며 말했다.

"3억 원 들었습니다. 아파트를 사시던지 아니면 가게를 확장하는 데 쓰세요."

"이, 이러시면 안 돼요."

"동생에게 잘하라고 주는 돈입니다."

"아니래도 성호 씨에게는 잘할 거예요."

이때 주문을 마치고 돌아온 효주가 그녀를 향해 말했다.

"못 이기는 척 받아둬요. 저이가 제수씨가 예뻐 주는 돈이니까."

"정말 받아도 되는 거예요? 형님!"

"그럼요."

"흑흑흑! 고마워요. 시아주버님, 형님! 엄마, 아빠가 엄청 좋아하실 거예요."

"저이의 지론이 돈은 나눠 쓰라고 있는 거래요. 그러니 아무 걱정 말고, 돈 걱정 조금 덜하고 살았으면 좋겠어요."

효주의 말에 눈물에 콧물로 범벅이 된 그녀가 벌떡 일어나 태호와 효주에게 몇 번이고 고개를 조아리며 말했다.

"흑흑흑! 고마워요, 고마워요. 두 분의 은혜는 평생 잊지 않을 거예요."

"너무 그러면 우리가 부담되니 어서 넣어두고… 우리 차는 왜 안 나오는 거야?"

태호의 말에 효주가 물었다.

"주문이나 하셨어요?"

"아, 그랬나? 나는 당신이 주문한 줄 알았지."

"동서의 기호를 모르잖아요. 늘 우리를 수행하는 경호원들이야 알아서 커피 싫어하는 사람은 과일 주스라도 시켜줬지만."

"그랬구먼. 제수씨, 커피 주문합시다."

"아, 네!"

그제야 눈물을 닦으며 활짝 핀 얼굴로 손짓으로 자신의 동생을 부르는 제수씨였다.

*   *   *

청주에서 모든 볼일을 마친 태호 일행은 곧장 고향 집으로 향했다.

그 차 안.

태호가 조수석에 앉은 부장으로 승진한 윤정민을 향해

물었다.

"남들은 다 시집가고 장가가는데 윤 부장은 시집 안 가요?"

"안 갑니다."

"왜요?"

"남자라면 학을 뗐다고 처음부터 말씀드렸잖습니까?"

"그게 언제적 이야기인데……?"

"어찌 되었든 전 싫습니다. 혼자 사는 것이 더 편하거든
요."

"못 말릴 사람이고만."

"회장님이 사주신 넓은 아파트에 퇴근하면 성가신 사람도
없고, 참 편하거든요."

"그것도 팔자인가 봐요?"

효주의 말에 윤 경호부장이 말했다.

"저도 가끔 그런 것이 아닌가 하는 생각이 듭니다. 그러나
저러나 참으로 회장님을 옆에서 뵈면 존경스러운 분이에요.
물론 사업적인 측면도 있지만, 주변에 베풀고 사시는 것이
너무도 보기 좋아요. 우리 경호원들만 해도 전부 아파트 한
채씩 사주시고……."

"그뿐인 줄 아세요? 우리 집에 근무하는 가정부 아줌마까
지도 아파트 한 채를 사주셨어요. 그러면 뭘 해. 그 잘난 아
들이 사업한답시고 날름 털어먹었지만."

효주의 말을 받아 태호가 말했다.

"우리가 그런 것까지 신경 쓰며 사줄 수는 없는 일이잖소. 사주고 난 다음부터는 자신들의 일이니 우리는 모른 척합시다."

"누가 뭐래요?"

이렇게 이야기를 나누다 보니 차는 증평을 지나 어느덧 청안 쪽으로 접어들고 있었다. 이때였다. 아빠의 무릎에 앉아 가는 딸 수연을 보고 효주가 기어코 한마디 했다.

"아빠 무릎 아파. 그만 내려와."

"싫어요. 그럼, 엄마는 왜 영창이 무릎에 안고 있어?"

"얘는 아직 아기잖니."

"아기는… 걔도 다 컸거든?"

"그만들 해. 나 하나도 안 아프니까."

"그렇지, 아빠~?"

"그래, 그래."

"아이고, 저 딸 바보!"

"호호호!"

효주의 말에 윤 부장이 웃음을 터뜨리고 운전대를 잡은 남 경호원마저 빙긋 미소 짓고 있었다.

*　　　　*　　　　*

일행이 고향 집에 도착해 채 대문을 열고 들어가지도 않았는데 부근부터 기름 냄새가 진동을 하고 있었다. 이 냄새를 맡은 태호가 효주를 보고 싱긋 미소 지으며 말했다.

　"참으로 못 말릴 사람들이야. 그렇지?"

　"네. 모든 걸 사 쓰셔도 되는데 굳이 저러시니……."

　"그러면 어머니의 대답이야 뻔하지. 모름지기 잔치에는 기름 냄새가 나야 돼. 적이라도 붙여 동네 사람들이 나눠 먹고 그래야 잔치 같지, 예식장에서 국수 한 그릇, 갈비탕 한 그릇 먹고 가면 서운해서 되겠니?"

　"호호호! 말투까지 어머니하고 똑같네요."

　효주의 말이 끝났을 때는 이미 일행이 막 대문을 열고 들어갔을 때였으므로 마당에서 무언가를 붙이시던 어머니 이하 동네 아낙들이 일행을 맞기에 분주했다.

　"어서 와라."

　"아이고, 그새 몰라보게들 컸네."

　"잘 지내셨죠? 안녕하셨어요?"

　어머니의 말에 이은 동네 아낙의 말에 태호는 어머니는 물론 동네 아주머니들에게도 일일이 인사를 하고 나니 벌써 불콰하신 아버지와 할머니의 모습도 보였다.

　곧 태호가 뜰에 신발을 벗으며 아버지께 인사말을 했다.

"벌써 한잔하신 모양이네요."

"오늘 같은 날 안 마시면 언제 마셔."

"할머니 건강은 어떠세요?"

"응, 네가 해준 틀니 덕에 이제는 아무 걱정 없이 씹을 수 있어 좋다. 아이고, 내 새끼! 우리 강아지들도 왔네."

할머니의 어법대로라면 이건 완전히 촌수가 물구나무를 섰다. 증손자와 증손녀를 보고 자신의 새끼라니 말이다.

아무튼 이렇게 한바탕 요란스럽게 인사를 나누고 안방에 모든 식구들이 모인 가운데 금방 어머니가 말씀하셨다.

"내 나가 금방 뜨거운 적 좀 가져올 테니 들어라. 시장하지?"

"괜찮아요, 어머니!"

효주의 대답에 어머니가 말씀하셨다.

"네 생각만 하지 말고, 저 애는 시장한지 아무 말이 없잖니?"

"호호호! 그럼, 갖다 주세요. 아니, 제가 가져다 먹을게요."

"아니다. 여기 가만히 앉아 있어라. 괜히 옷에 기름 냄새 배가지고, 온 동네 생색내고 다니지 말고."

"호호호! 알았어요, 어머니!"

곧 어머니가 나가 김치부침개며 동태전, 동그랑땡 등을 채반 채 들고 들어오시는 동안, 아버지는 냉장고에서 막걸리를 꺼내오셨다. 이 모양을 보고 효주가 시아버지께 물었다.

"아버님은 아직도 막걸리 잡숫는 모양이시네요?"

"그럼. 소주는 못 써. 막걸리어야 일할 때 곡기도 채우고 해서 배고픈 줄 모르고 일도 할 수 있지. 일도 허리 꼬부라지면 하기 힘든데, 그런 걸로 보면 막걸리가 최고야."

"막걸리 예찬론자가 다 되셨네요."

시아버지와 대화를 나누고 있는 효주를 보고 태호가 작은 소리로 말했다.

"막걸리 잔."

"아, 네! 제가 이렇게 눈치가 없다니까요."

자책하며 효주가 금방 주방으로 가 달그락거리더니 대접 4개를 가져왔다. 이를 보고 태호가 물었다.

"웬 잔이 이렇게 많아?"

"저도 딱 한 잔만 하려고요."

"하하하! 거 좋지."

시아버지가 대환영을 표시하자, 며느리가 술을 입에 대는 것이 못마땅한지 어머니는 시아버지에게 눈을 흘기셨다. 이를 본 아버지가 괜한 헛기침을 하시는데 수연이 버릇없이 채반으로 달려들었다.

"우와 동그랑땡이다. 맛있겠다."

"버릇없이 누가… 어른들도 드시지 않았는데……."

"내버려 둬라. 먹게. 다 먹으려고 부친 것 아니냐?"

효주의 말에 할머니가 제지를 하자 영악한 딸은 거 보라는 듯 제 어미를 한번 바라보고는 날름 세 개의 동그랑땡을 집어 들었다. 그리고 딸아이는 증조할머니부터 할아버지, 할머니까지 나누어 주고, 그제야 제 입에 하나 넣었다.

그리고 숫기가 없는 것인지 제 어미 치마폭에만 매달려 있는 동생에게도 하나를 주며 맛있다고 먹기를 권했다. 이 모습에 수연에 대한 칭찬이 자자한 가운데, 태호는 술을 안 드시는 할머니를 제외한 아버지와 어머니께 한 잔씩 따라 드리고, 효주를 보니 그녀가 알아서 태호의 잔에도 따라주었다.

병을 인계받은 태호가 효주에게도 한 잔을 따라주고 곧 잔을 부딪친 넷이 일제히 막걸리 잔을 입에 대었다. 아버지와 태호의 입에서는 도랑물 내려가는 소리가 나는데 두 여인은 인상을 써가며 찔끔찔끔 마셨다.

이렇게 안에서는 가족들이 화목함을 연출하는데 밖에서는 때 아닌 황사 바람이 불어 마지막으로 붙이던 전들을 망쳐놓았다.

문 밖에서 반가운 목소리가 들려온 것은 이때였다.

"저희들 왔어요!"

곧 여동생 부부가 문을 열고 들어왔다. 이를 보고 태호가 퉁명스럽게 말했다.

"뭘 하다 이제 와?"

"이이가 일이 있다고 늦게 오는 바람에……."

동생 경순의 말에도 태호는 계속 마뜩치 않은 모습을 계속 노정했다.

"자네는 오늘 같은 날은 일찍일찍 일 끝내고, 빨리 퇴근해 내려와야 할 거 아니야?"

"앞으로는 그렇게 하도록 하겠습니다."

이때였다. 다시 문이 열리며 막냇동생이 들어서고 있었다.

"저도 왔습니다."

"함께 온 거냐?"

태호의 물음에 막내 승호가 답했다.

"누나가 제가 근무하는 곳에 들러 태워가지고 왔어요."

"그럴 때는 머리가 잘 돌아가네."

태호의 칭찬에 분위기는 다시 부드러워지기 시작했다.

막냇동생 승호는 그동안 의경을 제대하고, 경찰 시험을 쳐 합격하는 바람에 가까운 증평에서 근무해 오고 있었다. 아직 말단이라 도시로 들어갈 수는 없었지만, 증평이면 청주와 가까우니 최고로 좋은 곳에 근무지를 배정받은 것이다.

아무튼 곧장 농사일도 돕던 동생이라 혹시 농사일을 물려받지 않을까 생각했지만 아무래도 농사일이 힘들다고 생각했는지 태호가 보기에는 엉뚱한 직업을 선택한 것이다.

그래도 태호 입장으로 보면 막냇동생이 매우 기특했다. 형이 우리나라 굴지의 회장이니 기대려는 의타심도 있을 법한데, 전혀 그런 일 없이 자신의 직업을 스스로 선택했으니 말이다.

아무튼 술자리는 자연스럽게 길어질 수밖에 없었다. 매제 김병수와 막내 성호마저 술판에 가세했으니 이때부터 본격적인 술판이 벌어지기 시작한 것이다. 그러나 아무리 흥겨운 연회도 그 끝은 있는 법. 해가 뉘엿뉘엿 넘어갈 무렵이 되자, 때 이른 저녁상이 등장했고 이로써 술판은 저녁 식사 자리로 대체되었다.

제7장

대박 투자 Ⅱ

다음 날 낮 12시.

청주 궁전 예식장에서는 많은 하객들이 참여한 가운데 동생 승호 부부의 결혼식이 화려하게 진행되었다. 하객이라야 대부분이 태호의 안면을 보고 참석한 사람들이었다.

주변에 청첩장 한 장 돌리지 않았지만 알아서 그룹의 중역 이하 말단 대리까지 찾아주니, 예식장은 물론 150명을 일시에 수용할 수 있는 예약 식당마저도 앉을 자리가 없어, 한참을 기다려서야 갈비탕 한 그릇을 들고 갈 수 있었다.

아무튼 이 식이 시작되기 전 신부의 부모님이, 하객을 맞고 있는 태호 부부를 찾아와 허리를 구십 도로 꺾으며 고마움을 표시했다.

"딸년 하나 시집 잘 간 것만 해도 감지덕지인데, 생각지 못한 큰돈을 주셔서 아주 요긴하게 썼습니다. 아파트 하나를 장만하고도 돈이 남아, 슈퍼도 이번 기회에 더 크게 확장을 했습니다. 정말 감사합니다. 사돈!"

신부 부친의 말에 태호가 답했다.

"약소하지만 필요한 곳에 쓰셨다니 저희들도 기쁩니다. 앞으로도 두 집안이 화목하게 잘 지냈으면 좋겠습니다."

"물, 물론이죠. 아무튼 고맙습니다. 사돈."

"그만하시죠. 오히려 제가 더 민망합니다. 괜히 생색내는 것 같아서요."

이때 옆에서 이를 지켜보고 있던 이 명예회장의 말에, 두 사람은 더 이상 함께 있을 수 없게 없었다.

"그쯤 해두고 오는 손님 맞아야지?"

"네, 장인어른!"

이렇게 시작된 예식이 동생 부부가 부모님께 폐백을 드리는 것으로 모두 끝이 나고, 동생 부부가 뒤늦은 식사를 하는데 태호가 다가가 말했다.

"얼른 식사하고 비행시간 늦기 전에 떠나야지?"

"형님, 비행기 시간은 아직 멀……."

"쉿, 괜히 신부 피곤하게 하지 말고 빨리 자리 떠. 정 시간 남으면 집에서 잠시 쉬었다 가란 말이야."

"네, 형님!"

그제야 무슨 말인지 알아들은 동생 성호가 신부에게 눈짓을 하며 빠르게 식사를 하기 시작했다. 동생 부부는 제주도로 신혼여행을 갈 예정이었다. 그것도 신규로 개설된 삼원항공의 청주~제주발 노선 18:00시 비행기를 타고 말이다.

그간 삼원항공도 괄목할 만한 성장세를 보였다. 서울~부산, 서울~광주 노선의 첫 취항이래, 서울~제주 노선에 이어 1990년 1월 국제선 한일노선(서울~도쿄), 2월 서울~나고야와, 12월에는 동남아노선(서울~홍콩)에 첫 취항했다.

1991년 3월 김포공항 격납고를 준공했으며, 6월 운항 승무원 훈련원을 개설했다. 같은 해 11월 미주노선(서울~L.A)에 첫 취항했다. 그리고 1993년 6월 러시아노선(서울~하바로프스크)에 첫 취항했으며, 8월 노스웨스트항공과 업무를 제휴했다.

또 금년 1월에는 유럽노선(서울~브뤼셀~비엔나)에 첫 취항했으며, 같은 날 비록 군 활주로를 이용하는 것이지만 청주제주노선도 첫 취항했다. 그러는 동안

탑승객이 3,000만 명을 넘어섰고, 여객기도 보잉737 6대를 포함해, 소형 중형 항공기는 18대로 대폭 늘어났다.

아무튼 이로서 동생 부부는 멀리 갈 것 없이 청주공항을 이용해 편히 제주도로 신혼여행을 갈 수 있게 된 것이다.

*   *   *

모든 식이 끝나고 참석한 하객들마저 모두 돌아가자 태호는 서울로 올라가지 않고 돌연 청주 공단으로 향했다. 비록 3월 27일 일요일이라 대부분의 공장이 쉬고 있지만 청주에 내려온 김에 공장을 둘러보러 나선 것이다.

아무튼 태호가 처음 향한 곳은 공단 내의 반도체 공장이었다. 그동안 삼원그룹은 일본보다 한발 앞서 91년 중순 16MD램을 세계시장에 출시, 세계시장을 경악시키더니 올초 또 한 번 세계시장을 경동시켰다.

올 1월 중순, D램산업 패권국이던 일본을 제치고 세계 최초로 256MD램 개발에 성공한 것이다. 256MD램은 손톱만 한 반도체 칩에 트랜지스터 2억 5,600만 개, 콘덴서 2억 5,600만 개 등 5억 개 이상 전자소자가 집적된 첨단 메모리 반도체 제품이었다.

세계 언론은 '일한(日韓) 역전'이라는 타이틀로 256MD램 개발을 대서특필했고 삼원은 구한 말 태극기를 배경으로 '한민족 세계 제패'라는 내용으로 광고를 게재했다.

256MD램 개발을 통해 한국은 D램 기술에서 일본보다 1년을 앞서게 됐다. 반도체 시장에서의 1년은 어머어마한 차이를 내포하고 있다. 시장을 선도함은 물론 타사가 제품을 양산하기까지는 높은 가격으로 시장을 독점하게 되니 소위 떼돈을 벌 수 있게 되기 때문이었다.

더구나 역사적으로 보아도 90년대는 세계적으로 D램산업의 격동기였다. 95년까지 D램 시장 호황은 PC 보급 확대와 윈도우95의 등장이 주 원인으로, PC 주력 메모리로 사용되는 D램 제품 수요를 급성장시켰기 때문이었다.

그러나 이후 지속적인 불황으로 98년 세계 D램 시장 규모는 95년 대비 3분의 1 수준인 150억 달러까지 축소되고, 99년이 돼서야 230억 달러로 회복된다. 이러 한 시장의 급격한 요동은 D램 업계 판도에도 큰 변화를 가져올 것이다.

한국이 D램 업계 강자로 부상할 것이고 한국에 밀린 일본은 D램산업에서 철수하기 시작할 것이다. 그러기 위해서는 불황에 대대적인 공격적 투자가 필요한 것이다.

그러니까 태호는 그간 반도체 부문에서 벌어들인 돈 수십억 달러 대부분을 다시 반도체 부문에 쏟아부을 셈인 것이다. 이렇게 공격적인 투자를 통해 일본이 감히 엄두를 내질 못할 정도로 격차를 벌려놓아, 제풀에 스스로 꺾어지게 만들 생각이었다.

아무튼 태호가 반도체 공장을 멀찍이서 바라보며 이런 결심을 보다 굳히고 다음으로 그가 향한 곳은 컴퓨터 제조 공장이었다. 태호의 시선이 공장의 전경이 아닌 허공으로 향했다.

인텔의 상표를 달고 출시되는 컴퓨터에 한동안 문제가 있었다. 1991년 인텔이 386컴퓨터를 출시하자, 미국의 AMD란 회사가 'AM386'이란 386호환 프로세서를 출시한 것이다. AM이란 영문만 앞에 붙였지 똑같은 사양이었던 것이다.

이에 인텔은 즉각 반발했다. '386'이란 이름의 소유권을 주장하고 나선 것이다. '386은 인텔 고유의 모델명이며 이를 허가 없이 AMD가 사용해서는 안 된다'는 것이 인텔의 논리였다.

수년간의 장기 법정 싸움 끝에 승리한 쪽은 AMD였다. 법원은 '386은 단순한 숫자의 나열이며 고유 모델명으로 인정할 수 없다'고 판결한 것이다. 그렇지만 법정 공방이 벌어지는 사이 인텔은 이미 486 CPU로 저 멀리 도망가 있었다.

AMD가 다시 AM486 CPU를 준비하자 인텔은 이번에도 AMD를 제소했다. 'AMD가 사용하는 마이크로 코드는 그 지적 소유권이 인텔에게 있다'는 인텔의 주장에, AMD는 '예전 인텔과 체결한 라이선스 조약에 마이크로 코드 사용권도 포함돼 있다'며 맞섰다.

또 긴 법정 공방 기간이 이어지고 그러는 동안 AM486은 출시되지 못했다. 이때 태호가 아이디어를 냈다. 숫자 대신 '인텔 인사이드'란 상품명을 출하되는 컴퓨터에 직접 달도록 한 것이다.

인텔 CPU를 PC와 동등하게 만든 이 캠페인 덕에 소비자들 사이에서는 'PC하면 인텔'이란 공식이 자리 잡게 되었다. 그럼에도 불안해하는 인텔 측에 태호는 아예 컴퓨터에 새로운 상품명을 제공하니, '펜티엄'이란 새로운 CPU가 세상에 출현하게 된 것이다.

복제도 불가능한 데다 이제 싼 한국의 인건비를 무기로 인텔이 세계시장을 더욱 강력하게 공격하니, 상당수의 인텔 경쟁사들이 하나둘씩 시장에서 사라져 가기 시작했다. 그것이 작년 말까지의 컴퓨터 업계의 추세였다.

그런데 문제는 금년 정초에 벌어졌다. 태호가 정초이지만 미국으로 날아가 인텔의 최고경영자 앤디 그로브에게 강력하게 요구한 것이다.

반도체에서의 삼원 측의 기여, 여기에 마이크로소프트 사의 프로그램을 채용해 호환성을 높인 일, 저렴한 컴퓨터 부품 공급, '인텔 인사이드'와 '펜티엄' 아이디어를 제공해 AMD사의 모방을 따돌린 공을 들어, 6%의 지분을 강력하게 더 요구한 것이다.

그렇게 되면 51 : 49의 지분 역전으로 인해 경영권마저 내주어야 하는 앤디 그로브로서는 도저히 들어줄 수 없는 주장이었다. 이에 그 또한 강력 반발했다. 이렇게 되니 양 사는 지금 결렬 일보 직전의 살얼음판 같은 상태를 지속하고 있는 중이었다.

앤디 그로브가 50 : 50의 절충점까지 제시했으나 태호가 이마저 수용하지 않고 긴장 상태를 유지하고 있는 데는 다 그만한 이유가 있었다. 이제 인텔 측의 기술 공여로 삼원 측 부품 공급 업체가 모두 기술 자립을 이루었다.

여기에 중요한 변수 하나가 있었다. 만약 삼원 측이 탐지한 정보대로 앞으로의 일이 진행이 된다면, 인텔과 삼원의 합작 기업이 AMD사의 역공에 무너질 개연성이 컸다. 이 때문에 태호는 오히려 회심의 반격 카드를 준비하는 것은 물론 차제에 독립을 꾀하려는 것이다.

그 일을 시간이 조금 더 있었으면 미국에서 마저 진행하고 오는 것인데 태호는 동생의 결혼 때문에 일시적으로 귀국한 것이다. 아무튼 태호는 월요일이면 또 미국 및 여타 나라로 향해 다시 투자를 계속할 생각을 가지고 있었다.

아무튼 태호가 이런 생각 속에 깨어나니 회장의 등장에 놀란 숙직을 하던 간부며 경비실 직원들이 달려와 한바탕 소란을 피우기 시작했다.

"안녕하시니까? 회장님!"

"공장을 둘러보시겠습니까? 회장님!"

"아니오. 생각할 것이 좀 있어서 여기 온 것이니, 가서 보던 업무 계속 보세요."

"네, 회장님!"

그들을 쫓아 보낸 태호는 쉬는 날 괜히 아랫사람들 피곤하게 할 것 없다는 생각으로, 이내 대기하고 있는 승용차에 올랐다.

1995년 3월 28일 정오.

태호는 수십 명의 수행원을 이끌고 삼원항공 자사 비행기를 이용해 LA로 출국했다. 11시간의 비행 끝에 LA국제공항에 내리니, 같은 3월 28일인 오전 7시였다.

좀 피곤하기는 했지만 뭔가 시간을 번 느낌을 가지며 태호는 그곳에서 환승 시간을 포함하여 2시간의 비행 끝에 샌프란시스코 국제공항에 도착했다. 그러자 김재익 연구소장은 물론 샌프란시스코 지사장이 직원 몇 명을 이끌고 마중을 나와 있었다.

태호는 곧 그들이 제공하는 승용차편으로 약 2시간 동안을 남쪽으로 달려 실리콘밸리 내의 산호세라는 도시에 도착했다. 그곳에서도 16㎞를 더 달려 밀피터스(Milpitas)에 도착한 태호 일행은 머지않아 넥스젠(NexGen)사에 도착할 수 있었다.

십여 대의 차량이 줄줄이 공장 내로 진입하니 사전 통보가 되어 있는지 최고경영자 닉스 글레인져 이하 중역들이 대거 마중을 나왔다. 곧 승용차에서 내린 태호는 현관 앞에 도열해 있는 중역들과 일일이 악수를 나누며 안면을 텄다.

곧 최고경영자 글레인져의 안내로 통역만 대동한 채 그의 집무실로 들어간 태호는 그와 담판에 임했다. 글레인져가 먼저 거두절미하고 본론으로 들어갔다.

"우리의 매도 조건은 6억 5천만 달러입니다."

"우리의 인수 조건은 6억 달러. 5천만 달러의 갭이 있는데 여러 말 할 것 없이 그 중간선이 6억 2천 5백만 달러에 바로 매듭을 지읍시다."

"솔직히 말하겠습니다. 그렇게 되면 어드밴스드 마이크로 디바이스(AMD)사와 똑같은 가격입니다."

"좋습니다. 정 그렇다면 우리의 지분 1%를 더 얹어드리겠습니다. 이는 귀사 연구원들이 좀 더 힘을 내라고 드리는 보너스라 생각하시면 됩니다."

"6억 2천 5백만 달러에 귀사 주식 2%를 주십시오. 그러면 귀사에 매각하겠습니다. 우리는 귀사의 제조 능력을 믿으니까요. 우리의 설계 능력과 귀사의 제조 능력이 결합되면, 아마 인텔의 아성을 무너뜨리는 날도 머지않아 다가올 것 아닙니까?"

"하면 그 가격에 1%를 드리겠습니다."

"그렇게 하도록 하죠."

이렇게 되어 태호는 넥스젠이라는 회사를 인수하게 되었다. 그럼 여기서 삼원그룹에서 새로 인수한 넥스젠이라는 회사를 잠시 설명하고 넘어가면 다음과 같다.

넥스젠(NexGen)은 CPU를 설계하는 회사다. 넥스젠의 CPU는 당시의 다른 CPU(x86 아키텍처 프로세서)와는 다른 독특한 실행 방식으로 유명했는데, 전통적인 CISC 방식의 x86 아키텍처 코드를 칩 내부의 RISC 아키텍처로 변환하여 실행하였다.

이 아키텍처는 K6 이후의 AMD CPU에 사용되었으며 오늘날 대부분의 x86 프로세서에서 사용하는 하이브리드 아키텍처도 넥스젠에서 사용한 방법과 비슷하다.

원역사에서 AMD는 K5 칩의 성능과 판매가 예상외로 저조하자 넥스젠을 인수한다. 넥스젠 설계팀의 대부분을 얻게 된 AMD는 Nx586의 설계를 계속 이어갔으며, 그 결과 유명한 AMD K6의 기초를 닦게 된다.

그러나 금번에 삼원그룹에서 이들을 인수함으로써 AMD의 몰락을 가속화함은 물론, 이들의 가세로 삼원컴퓨터는 새로운 전기를 맞게 되는 것이다. 즉, 인텔과의 경쟁에서도 우위에 서게 될 수 있는 것이다.

아무튼 태호의 공격적 행보는 여기서 멈추지 않았다. 바로 컴퓨터 시장의 3~5%를 점유하고 있는 사이릭스(Cyrix)를 2억 달러에 인수하는 쾌거를 이룩했다.

이들은 인텔 제품을 베끼듯 하여 뒤늦게 시장에 뛰어들지만 30~50% 저렴한 가격에 판매하기 때문에 시장의 일부를 점유하고 있었던 것이다. 그런 회사를 태호는 이 회사 최고 경영자 제리 로저스(Jerry Rogers)와의 담판 끝에 2억 달러에 인수했다.

제리 로저스는 공격적으로 엔지니어들을 모았고, 작고도 효율적인 30명의 디자인 팀을 구성하여, 총 300명의 종업원으로 나름 선전하고 있었던 것이다. 이 당시 전 세계 컴퓨터 시장에서 매출 구성을 보면 인텔이 85%를 점하고, AMD가 10~12%, 나머지가 사이릭스 점유율이었다.

아무튼 위와 같이 85%에 이르는 거의 독점적 지배력을 보여 온 인텔과의 합작으로, 그동안 삼원그룹은 컴퓨터 분야에서만 100억 달러 이상의 흑자를 기록했다. 그중 일부를 태호는 금번에 발 빠르게 투자해, 강력한 경쟁력을 갖추게 된 것이다.

이렇게 되니 인텔 측도 몸이 달지 않을 수 없었다. 삼원그룹의 거센 도전도 도전이지만, 최악의 경우 삼원이 자신들과 완전 결별을 선언하고 부품 공급마저 중단한다면 원가부터가 대폭 상승할 것이다.

이러니 인텔의 최고 수뇌부는 AMD의 인수 내지 합병 등 여러 요소를 내부적으로 검토했지만, 궁극적으로는 그나마 삼원과 협력을 유지하면서 세계시장의 일부를 점유하는 것이 낫다는 판단에 이르게 된다.

곧, 이것이 그로브와 태호의 담판에 그대로 반영되니 삼원 측이 인텔의 지분 6%를 30억 달러를 주고 인수함으로써 경영권을 확보하게 되었다. 이로써 삼원그룹은 컴퓨터 분야에서만큼은 양손에 떡을 쥔 형국이 되었다.

한 손에는 여전히 강력한 시장 지배력을 보이는 인텔이라는 상표, 다른 한 손에는 삼원컴퓨터라는 강력한 도전자를 내세워 거센 추격전을 전개하게 된 것이다. 이는 곧 해가 거듭될수록 삼원의 시장 지배력을 높이는 계기가 되었다.

이는 넥스젠의 기술과 사이릭스의 디자인 및 복제 능력이 더해져 1997년 'K-6'를 출시하기에 이른다. K-6는 이전 삼원의 CPU와 달리 성능이 업그레이드됐다. 인텔 CPU에 근접한 성능을 내며 인기를 끌었고 인텔과 함께 삼원을 주요 CPU 업체로 한 단계 격상시키는 계기가 됐다.

이제 자신감을 얻은 삼원은 본격적인 선두 경쟁을 위한

프로젝트를 시작했다. 인텔을 따라가는 것이 아니라 인텔보다 더 뛰어난 CPU 생산을 계획한 것이다. 더 이상 인텔보다 낮은 성능의 CPU로는 시장에서 살아남을 수 없다는 판단에 서였다.

그 결과 1999년 등장한 것이 바로 '번개'라는 CPU다. 영어로 표시도 않고 순순 한국어로 '번개'로 표시된 CPU다. 아무튼 이때부터 번개 CPU와 펜티엄3 CPU간의 속도 경쟁이 본격화됐다. 이 과정에서 삼원 측이 처음으로 인텔의 그림자에서 벗어나 조금씩 앞서는 모습을 보이게 된다.

마침내 삼원컴퓨터는 2000년 3월1일 인텔보다 2일 먼저 세계 최초의 1㎓ 속도의 번개 CPU를 발표하며 인텔에 치명적인 패배를 안긴다. 이어 2003년에는 최초의 64비트 CPU 번개64가 등장했다. 그와 함께 서버용 프로세서도 등장했다.

비로소 뒤늦게 시장에 뛰어든 후발 주자에게 항상 따라다녔던 '성능은 떨어지지만 가격이 싼 제품'이란 이미지는 사라지기 시작했고, 가격도 인텔 제품과 동등하게 받게 되었다.

또 시장 지배력도 이 시기를 전후해 역전이 되었다. 삼원이 50%를 넘는 것 같더니, 다음 해에는 52%. 그다음 해에는 54%로 점점 더 격차가 벌어지기 시작했다. 이 시점에는 AMD라는 회사는 존재조차 찾을 수 없었다. 경영 압박을 견디지 못하고 결국 시장에서 퇴출되기에 이른 것이다.

아무튼 넥스젠(NexGen)과 사이릭스(Cyrix) 인수 이후에는 사실상 컴퓨터 분야에서 전 세계의 시장을 장악하게 된 삼원그룹이었다.

*   *   *

다시 시기를 94년으로 되돌려 넥스젠과 사이릭스까지 인수한 태호는 곧바로 루마니아의 수도 부카레스트(Bucharest)로 날아갔다. 루마니아 국영 정유 업체인 페트로미디아사(社) 인수를 추진하기 위해서였다.

지금 루마니아는 1989년의 혁명 후 서방의 경제원조가 확대되고, 경제 개방으로 문호를 확대하였으나, 급격한 인플레로 인한 실질소득의 감소와 임금 인상 투쟁 등이 겹쳐 아직도 경제가 불안정한 상태였다.

1992년에 출범한 N. 바카로이우 내각도 국영기업의 민영화를 다짐했으나 그 성과는 아직 미흡한 상태로, 금번 국영 정유 업체의 매각이 민영화의 바로미터가 될 것으로 국내외의 시선을 모으고 있었다.

아무튼 태호는 이 회사에 대한 정보를 듣고 더욱 정보를 끌어모으는 과정에서 웃지 못할 일을 경험했다. 독자 경영을 맡긴 글렌코어도 이 수주전에 뛰어들었다는 것이다.

이에 태호는 즉각 이반 글로센버그 최고경영자에게 전화를 걸어 철회할 것을 지시해 시행에 옮긴 바 있었다. 이렇게 되면 미국 컨소시엄인 패트로미디어 USA가 강력한 경쟁 상대가 될 것이다.

여기서 또 한 가지 무시 못 할 사실은 이 입찰에 참여하려 했던 현지 기업 두 곳은 아예 입찰도 못하고 탈락했다는 사실이었다. 루마니아 정부에서 요구하는 매각 대금의 10%인 보증금을 준비하지 못해서였다.

아무튼 태호는 루마니아 지사에 도착하자마자 지사장 금일광(琴日光)으로부터 브리핑을 받았다.

"흑해 연안에 위치한 패트로미디어 정유사를 전문가들과 둘러본 결과 개·보수가 필요한 것으로 확인되었습니다. 그 비용이 최소 1억 달러는 들 것으로 전문가들은 내다보았습니다."

"그렇다면 저들이 51%의 지분을 매각하는 대금으로 예상하는 2억 1천 6백만 달러보다 실질적으로는 대폭 상승하는 것 아니오?"

"그렇습니다만 보수 비용 1억 달러 외에 추가로 1억 달러를 더 투자해 설비를 확장한다면, 현재 하루 20만 배럴 정제 능력에서 그 배인 40만 배럴로 정제 능력을 대폭 향상시킬 수 있고, 이는 그래도 남는 장사가 될 것으로 전문가들은 내다보고 있습니다, 회장님!"

"흐흠……!"

침음하며 생각에 잠겼던 태호가 한국 정부에 대한 불만을 노골적으로 토로하기 시작했다.

"정부에서 과다 경쟁을 한다고 정유사의 신규 진입을 불허하지 않았다면, 이 먼 나라까지 와 인수전에 뛰어들지는 않았을 텐데 말이오."

"그야 그렇습니다만 인수로 인한 이점도 많습니다."

이렇게 운을 뗀, 화투장에서 일광에 빗대어 뻥광이라는 놀림을 받고 있는 금 지사장이 계속해서 발언을 했다.

"2천만에 이르는 루마니아 자체 시장에 석유류 제품을 공급할 수 있어, 안정적 판로를 확보하는 것은 물론, 추가 민영화 시 유리한 입장에 서게 될 것도 확실합니다. 자동차 여타 많은 분야가 줄줄이 민영화될 예정이니, 다른 분야도 유리한 조건이 확보되는 것은 틀림없습니다."

"그렇다면 이렇게 합시다."

이렇게 운을 뗀 태호가 잠시 생각하더니 다시 입을 뗐다.

"개·보수뿐만 아니라 1억 달러를 더 들여 40만 배럴로 생산 시설을 배중할 테니 가격을 낮추자고요. 그렇게 되어도 이들에게는 이익이 되는 것이, 총자산 및 설비 능력이 증대되니 지분 가치가 훨씬 상승하게 되어 오히려 이익일 것입니다. 따라서 매각 대금도 대폭 낮추어 우리에게 입찰이 아닌 수의계약으로 매도하는 것으로. 가서 정부 관료들과 내가 말한 내용을 가지고 논의를 해보시오."

"알겠습니다, 회장님!"

곧 자리에서 일어난 금 지사장이 정부 관료와 접촉을 하는 동안 태호는 수행원들과 잠시 휴식을 취했다.

그로부터 2시간 후, 금 지사장이 돌아와 보고했다.

"우리 계획의 실행 계획서를 작성해 제출해 그대로 이행한다면, 1억 5천만 달러에 바로 우리 그룹에 매각할 용의도 있답니다, 회장님!"

"흐흠……!"

잠시 생각에 잠겼던 태호가 다시 입을 열었다.

"매각 대금은 1억 5천만 달러를 수용하되, 그 대신 흑해 연안에 풍부하게 매장되어 있는 석유나 천연가스 채굴에서 우리 그룹에게 개발 우선권을 보장해 달라고 해보시오."

태호의 명에 금 지사장은 또 정부 관료와 접촉을 하러 떠났다. 그 결과는 당장은 돈이 들지 않는 것이어서인지, 우선 참여권을 보장한다는 문구까지 삽입되는 계약서를 체결할 수 있었다.

이렇게 되어 동유럽에도 고유가 시대에 대비한 정유 공장까지 마련한 태호는 곧 귀국길에 올라 마지막 일정을 소화하기 시작했다. 즉, 말레이시아 들러 92년에 4억 6,000만 달러에 수주한 79층 높이의 플라자 라키아트(Plaza Rakyat) 건설 현장을 찾아, 현지 간부 및 근로자들을 위로한 것이다.

또 내년에 착공될 3억 4,000만 달러 규모로 예상되는 비전시티(Vision City) 프로젝트 수주전에 총력을 기울이고 있는, 현지 수주 팀에게도 금일봉을 전달하며 격려를 아끼지 않았다.

제8장
사업체의 분리 독립 I

태호가 귀국해 제일 먼저 찾아간 곳은 이 명예회장이 입원해 있는 병상이었다. 외국 순방 중에도 그룹 내 중요 사항은 수시로 보고를 받고 있는 까닭에 태호는 공항에 내리자마자 바로 서울대학병원 특실로 직행한 것이다.

이 명예회장의 올해 연세 79세로 당시로서는 고령임에 틀림없었다. 따라서 평소부터 높은 혈압 외에도 많은 장기들이 제 역할을 못 함에 따라 근래 들어서는 병원을 찾는 일이 잦은 이 명예회장이었다.

아무튼 태호가 병실에 도착한 시각이 오후 3시. 분명 근무시간임에도 불구하고 명주, 예주 부부는 물론 효주도 병실에 있었다. 병세가 호전되고 있다는 보고를 받았는데 근무시간임에도 불구하고 병상에 붙어 있는 소, 편 두 부회장을 본 태호로서는 내심 기분이 언짢았다.

그렇지만 이를 겉으로 드러내지 않고 안으로 삭이며 태호가 병상으로 접근하자 냉장고에서 음료수 하나를 꺼내 들고 온 장모 박 여사가 말했다.

"일은 잘 보고 왔는가?"

"네, 장모님!"

"방금 잠 드셨으니 깨우지 말고 내버려 둬."

"네."

이제 얼굴에 검버섯이 피고 닭 피부처럼 쪼글쪼글해진 데다 더욱 말라 고집 세어 보이는 장인을 보는 태호로서는, 세월의 무상함을 절감하지 않을 수 없었다.

곧 태호가 말없이 병실을 나가자 효주가 따라오며 물었다.

"가셨던 일은 잘되셨어요?"

"응. 아이들은?"

"선생님들이 있잖아요."

효주는 요즈음 일곱 살 딸아이는 물론 세 살 배기까지도 조기교육이다 뭐다 해서 피아노, 영어 회화, 미술 등의 과외를 시키고 있었다. 그것도 분야별 선생을 집으로 들여. 이

때문에 둘은 다투기도 많이 했다.

큰 아이는 그렇다 쳐도 세 살짜리 아들까지 영어 회화와 피아노 레슨을 받게 하는 데는 태호로서도 절대 찬성할 수 없는 일이었기 때문이었다. 아무튼 태호가 곧 물었다.

"병세는 어떠셔?"

"이틀 후에는 퇴원하실 수 있다고 병원 측에서는 말하지만 노인네의 일은 알 수 없죠."

병명이 폐렴이라는데 이것이 호전되었다가도 갑자기 상황이 악화되는 경우를 전에도 두어 번 본 일이 있어 효주 또한 마음을 놓지 못하는 모양이었다.

아무튼 태호는 곧 다시 병실 안으로 들어가 잠자고 있는 장인을 물끄러미 바라보다 장모 박 여사에게 말했다.

"귀국하자마자 바로 이곳으로 오는 바람에 씻질 못했더니 좀 찝찝합니다. 씻고 다시 오겠습니다."

"그럴 필요 없어. 여러 사람이 있으니 오늘은 푹 쉬고 오려면 내일 와."

"알겠습니다."

답한 태호는 곧 병실을 나와 복도에서 잡담을 나누고 있는 두 동서에게도 목례를 하고 집으로 돌아왔다.

오후 6시 30분.

효주가 일찍 집으로 돌아왔다. 그런 그녀를 보고 태호가 물었다.

"왜?"

"퇴원하셨어요."

"이틀 후에나 가능하다 않으셨어?"

"완쾌되었다고 부득부득 우기시며 집으로 가셨어요."

"합병증이 오면 어쩌려고……?"

"그렇다고 우리가 아무리 말려도 소용없었어요."

이때였다. 전화벨이 울린 것은. 가정부 아주머니가 받더니
곧 태호를 바꿔주었다.

"회장님이세요."

"네. 전화 바꿨습니다."

─긴 말 않겠네. 바로 오게.

"알겠습니다."

전화를 끊고 나니 효주가 물었다.

"무슨 일이에요?"

"집으로 오라는데?"

"같이 가요."

"당신은 왜?"

"어쩐지 중요한 말씀을 하실 것 같아요."

잠시 생각하던 태호가 답했다.

"알았소. 같이 갑시다."

"네."

곧 둘은 승용차를 타고 5분 거리밖에 안 되는 이 명예회장 댁으로 향했다.

둘이 거실로 들어서자 수척한 장인이 태호에게 말했다.

"자네, 나 좀 보세."

"네."

태호는 곧 자신의 방으로 향하는 그의 뒤를 따랐다.

태호가 방으로 들어와 한쪽에 놓인 소파에 앉자마자 이 명예회장이 선 채 말했다.

"지난번에 세운 지주 회사 말이야."

"네."

"그걸 이번 기회에 아예 셋으로 분리시켰으면 하는데."

"바로 말입니까?"

"당장."

"이것저것 아무래도 거의 두 달은 걸릴 것 같습니다."

"어쨌거나 바로 시작해."

"알겠습니다, 회장님!"

"자네가 나 잘 때 왔다 갔다는 말 들었어. 자네도 그때 보았겠지만, 놈들이 회사 일은 안 하고, 제 장인 일찍 죽길 바라는지, 하루 종일 병실에 매달려 있는 게 일이야."

태호 또한 그런 행태가 마음에 들지는 않았지만 뒤에서

욕을 할 수는 없어 선의로 해석했다.

"장인어른이 걱정되어서겠지요."

"내 눈에는 그렇게 안 보여. 조금이라도 잘 보여 상속 더 받으려고 하는 것밖에는. 그런 생각을 하니 괜히 얼굴 보는 것조차 역겨워. 오지 말래도 이제는 내 말도 안 듣네. 그래서 비상수단을 쓰는 거고. 하긴 이제 내 수(壽)도 얼마 안 남았다는 걸 나도 알아."

"무슨 말씀을 그렇게 하십니까? 최소 10년은 더 사셔야지요."

"그게 어디 인력으로 되나? 나도 오래 살고 싶지만 요즈음 들어 나날이 기력이 떨어지는 게, 아무래도 수가 얼마 남지 않은 것 같아."

말끝이 흔들리는 장인을 보며 태호 또한 괜히 허망한 생각이 들어 잠시 허공에 눈길을 주었다 말했다.

"아직은 아니지만 이제 3년만 더 있으면 포춘지 선정 50대 기업 안에 들 자신이 있습니다."

태호가 이렇게 말하는 데는 다 이유가 있었다. 월남전에서 장기 포로가 된 사람을 분석해 보아도 그렇고, 가스실에 갇힌 유태인도 마찬가지.

희망이 있는 사람은 어떻게든 살아남으려 애쓰지만 그렇지 못한 사람은 일찍일찍 죽었다는 분석이 있다. 따라서 장인에게 희망을 안겨주어 좀 더 수를 늘려보자고 태호는 지금 애를 쓰고 있는 중이었다.

"자네 말대로 그걸 보고 죽으면 좋겠지만, 어째 그렇게 오래 살 것 같지가 않아."

허망한 눈빛에서 끝내는 눈시울마저 붉어지는 장인을 보며 태호 또한 마음이 울컥해 말했다.

"아버님, 오래오래 사셔서, 꼭 이 태호가 삼원그룹을 세계 일등 기업으로 만들어놓는 것을 보셔야죠."

"자네 지금 뭐라 불렀나?"

"네? 아, 아버님이라 불렀습니다."

"딸만 셋이라 자네 입에서 그렇게 듣고 싶던 소릴 들으니, 이제 죽어도 여한이 없을 것 같네."

"그게 뭐라고……."

"하하하! 그만 나가시게……."

끝내 눈가에 이슬이 맺히는 태호를 보고 이 명예회장은 대소와 함께 그에게 추방 명령을 내렸다. 자신의 눈가 또한 축축해졌으므로 그 모습을 아무리 아들같이 여기는 사위라지만 보이기 싫었던 모양이었다.

밖으로 내온 태호를 보고 효주가 물었다.

"여보, 왜 그래?"

"아, 아니야."

눈물을 주먹으로 훔쳐낸 태호가 옆에서 이를 조용히 지켜보고 있는 장모에게 물었다.

"장모님, 아니, 어머님! 저 배고픈데 저녁 준비 안 됐습니까?"

"자네 지금 날 뭐라 불렀나?"

"어머님이라 불렀습니다. 오늘에서야 장인어른을 아버님이라 불러 드렸더니 그렇게 좋아하시는 걸……. 이건 아마 제게도 자격지심이 있었던 모양입니다. 그래서 저도 모르게……."

"어찌 됐든 자네가 어머니라 불러주니 장모보다는 훨씬 듣기 좋네."

"옆에서 지켜보는 나도 보기가 좋네요."

효주까지 거들고 나서니 앞으로는 꼼짝없이 장인, 장모를 아버지, 어머니라 부르게 생긴 태호가 밥만 재촉했다.

"저 배고픕니다."

"호호호! 알았네. 어서 식탁으로 가세. 장인도 모시고 나오고."

"네, 어머님!"

"호호호!"

*　　　　*　　　　*

그로부터 약 2개월이 흐른 94년 5월 30일 월요일 저녁.

태호는 이 명예회장의 명에 따라 그동안 진행해 온 그룹 분할 건을 보고하기 위해 저녁 6시 정각에 아내 효주와 함께 이 명예회장의 집을 찾았다.

태호가 이 명예회장 부부에게 인사를 끝내자마자 상기 건을 이 명예회장에게 말하자, 그는 태호를 자신의 방으로 불러들여 문부터 걸어 잠갔다. 이에 태호가 보고를 하기 시작했다.

"그간 준비를 해 기존 삼원홀딩스를 SW홀딩스(SW Holdings, Inc.)라는 신설 법인을 세워 인적 분할 하기로 했습니다. 문민정부의 세계화 주창에 따라 신설 법인명도 우리 그룹 영어명의 머리글자를 따서 정한 것입니다."

이렇게 운을 뗀 태호는 자세히 그 내용을 설명하기 시작했다. 그 내용을 정리하면 아래와 같은 내용이었다.

SW홀딩스는 ㈜삼원홀딩스를 인적 분할 하면서 설립된 삼원그룹의 비 금융지주회사다. ㈜삼원홀딩스는 1994년 8월 1일 인적 분할을 통해 신설회사로 ㈜SW홀딩스를 설립하고, 인적 분할 시까지 기존 태호가 영위해 오던 전자통신 이하 자회사들은 신설 법인 ㈜SW홀딩스가 승계하도록 한다.

그러니까 기존 ㈜삼원홀딩스에 남아 있는 과자를 주력 업종으로 하는 그 자회사와, 시멘트를 주력 업종으로 하는 자회사는 그대로 ㈜삼원홀딩스에 존치된 형태였다. 그리고 나머지만 쏙 빼내 8월 1일을 기해 별도의 독립된 회사가 되는 것이다.

여기서 문제가 되는 인적 분할이라는 용어를 잠시 설명하고 넘어가면 아래와 같다. 즉, 인적 분할은 회사를 세로로 쪼개는 방식으로 존속회사와 신설회사가 수평적으로 나란히 배치된다. 쪼개지는 기존 회사의 주주는 신설과 존속회사 지분을 모두 확보한다.

인적 분할은 기존 회사 주주들이 지분율대로 신설 법인의 주식을 나눠 갖는 것이다. 주식 매수청구권 행사가 없어 기업들이 자금 부담을 더는 측면에서 선호한다. 또 상장사의 경우 이해관계가 부딪치는 많은 주주들을 설득하기에도 유리한 것으로 평가된다.

인적 분할이 되면 법적으로 독립된 회사가 되며 분할 후 곧바로 주식을 상장할 수 있다. 주주가 사업회사 주식을 투자회사 주식으로 교환, 지배력을 강화할 수 있기 때문에 지주회사로 전환하는 기업들이 선호한다.

반대로 물적 분할의 경우 기존 회사가 새로 만들어진 회사의 주식을 소유하게 된다. 즉, 인적 분할과 물적 분할의 차이는 신설 법인의 주식의 소유권이 기존 회사의 주주와 기존 회사 중 누구에게 주어지느냐에 달려 있는 것이다.

태호의 자세한 설명에 고개를 끄덕인 이 명예회장이 곧 아내 박 여사를 부르더니 두 딸 내외를 당장 집으로 부르도록 했다. 그리고 채 30분이 되지 않아 두 딸 내외가 이 명예회장 집을 찾았고 그는 모든 자식과 사위들을 거실에 앉혀 놓고 입을 떼었다.

"내가 말하기 전에 먼저 너희들에게 묻자."

이렇게 말한 이 명예회장이 쏘는 듯한 안광으로 여섯 명을 차례로 둘러보더니, 다시 발언을 하기 시작했다.

"삼원홀딩스라는 지주회사를 설립하면서 너희들이 불만을 좀 제기하기는 했지만, 이 아비의 사전 상속 분할에 대해 양해한 바가 있지?"

"네, 아버님!"

"네, 회장님!"

편봉호가 먼저 대답을 하고 소인섭이 나중에 대답을 했다. 그러자 둘째 딸 예주가 남편을 바라보는데 그 시선이 곱지만은 않았다. 아무튼 두 사위의 씩씩한 대답에 만족한 표정을 지은 이 명예회장이 흐뭇한 미소를 짓고 다시 발언을 했다.

"그래서 말이다만, 이번 기회에 그것을 아주 확실히 하기 위해 그룹 지배 구조에 대해 손을 좀 봤다. 그 자세한 내용은 김 회장이 설명을 해줄 테니, 자세히 듣고, 의문점이나 이의가 있으면 당장 이 자리에서 말하도록. 김 회장 설명하시게."

"네, 명예회장님!"

곧 좌중을 한 바퀴 둘러본 태호가 입을 떼었다.

"럭키금성그룹이 LG, 선경이 SK가 되었듯, 우리 그룹의 신설 법인명도 SW홀딩스라 정했습니다."

이렇게 서두를 연 태호가 이 회장에게 보고한 내용과 똑같은 내용을 그대로 두 딸 내외 및 장모에게 설명을 했다. 이 설명을 듣자마자 편봉호가 태호에게 질문을 던졌다.

"하면 김 회장 몫만 쏙 빠져나가고, 삼원홀딩스에는 소 부회장과 내 것만 남는 것인가?"

"그렇습니다."

"그렇게 되면 안 되잖소? 우리도 분리를 시켜줘야지."

소인섭의 말에 태호가 답했다.

"그 문제는 저도 좀 어려워서 미처 거기까지는 진행을 시키지 못했습니다. 문제는 삼원의 기존 그룹명을 누가 사용하느냐에 따라 매출에 큰 차이가 생길 것이기 때문에, 두 분중 어느 편을 들어 인적 분할을 하느니, 물적 분할을 하느니할 수 없었기 때문입니다. 따라서 이 자리에서 그것을 확실히 정해주시면 좋겠습니다."

태호의 말이 끝나자마자 평소 비교적 욕심을 겉으로 드러내지 않았던 소 부회장이 말했다.

"그야 맏사위인 내가 삼원의 상표를 계속 사용하는 것이 맞다고 생각하는데, 아버님의 생각도 저와 동일하시죠?"

"험, 험……!"

거기까지는 미처 생각하지 못했는지 이 명예회장이 헛기침만 하고 있자. 용기를 얻은 듯 편 부회장이 말했다.

"제가 볼 때는 시멘트나 형님이 거느린 업종은 다른 상표를 사용해도 큰 타격이 없겠지만, 그야말로 상표에 의지하는 과자나 식음료, 프랜차이즈 사업은 그 결과에 따라 아주 치명타를 입을 수도 있습니다. 따라서 서열상으로 보면 형님이 차지하는 것이 맞으나, 사업의 특성으로 보면 제가 사용하는 것이 맞는 것 같습니다. 아버님의 올바른 결단을 촉구하는 바입니다."

"허허, 거참……!"

이제 첫째와 둘째 사이에 삼원이라는 상표 승계를 가지고 싸움으로 번질 듯하자, 난처함을 넘어 기막히다는 표정을 짓던 이 명예회장이 갑자기 화살을 태호에게 돌려 면피했다.

"김 회장, 자네 생각은 어떠신가?"

이명환의 질문에 태호 또한 난처한 표정을 짓더니 자신의 견해를 밝혔다.

"편 부회장님 발언 그대로 서열상으로는 소 부회장님이 가져가는 것이 맞습니다. 그러나 솔직히 사업의 득실을 가늠해 보면, 편 부회장님 쪽이 상표를 바꾸었을 경우, 그 타격이 더 클 것입니다. 따라서 저도 쉽게 결론 내릴 수가 없습니다."

여기서 기존 ㈜삼원홀딩스의 주요 사업 내용을 보면 태호나 이 명예회장이 왜 난처해하는지 금방 알 수 있다. ㈜삼원홀딩스의 주요 사업 내용은 자회사의 주식 또는 지분을 취득, 소유함으로써 자회사의 사업 내용을 지배하고 경영 지도하여 육성하는 지주 사업이다.

또한 브랜드 및 상표권 등 지적재산권의 관리 및 라이선스 판매업을 한다. 영업 수익은 배당금 수익, 계열회사들로부터 받는 상표권 수익, 경영 자문 수수료 등이다.

따라서 자칫 잘못하면 법정으로 비화될 수 있는 예민한 문제이므로 태호마저 살짝 미꾸라지처럼 빠져나가자, 최종 결정권자인 이명환으로서는 당황을 넘어 황당하지 않을 수 없었다.

여기서 잠시 당황과 황당의 차이를 우스갯소리로 설명하면 이렇다. 어느 만취한 남자가 골목길에서 소변이 마려워 승용차 뒤에서 노상방뇨를 하고 있는데, 갑자기 주차되어 있던 앞의 승용차가 시동이 걸리는 것 같더니, 쏙 앞으로 빠지는 경우는 당황스럽다 표현한다.

이에 비해 황당하다는 것은 앞에 주차되어 있던 승용차가 갑자기 후진해 오므로 '어어~!' 소리를 연발하며 계속 소변을 보며 함께 뒤로 물러나는 경우다. 아무튼 노상방뇨 중 차가 후진해 오는 것만큼이나 당혹스러움을 금치 못한 이명환이 잠시 허공을 바라보며 생각에 잠겼다 말했다.

"정 그렇다면 상표권은 둘째가 가지되, 이익 보는 것만큼 회사를 떼어 주시게."

"네?"

"네?"

명 판결이었으나 두 사위는 황당하다는 표정으로 장인을 바라보더니 이내 서로 쳐다보고 헛웃음을 지었다. 이렇게 두 사위가 어이없어 하거나 말거나 이명환은 자신의 할 바는 다했다는 듯 오불관언 턱을 치켜들고 주방으로 향했다.

이렇게 되자 이 자리를 피하는 것이 상책이라 생각한 태호가 뒤를 따르고 효주 또한 급히 부군의 뒤를 따랐다. 그러나 박 여사만은 회사 나누는 것을 가지고 둘 사이에 큰 싸움이라도 벌어질까 봐, 차마 자리를 뜨지 못하고 그 자리를 지키고 있었다.

그러나 박 여사의 이런 눈물겨운(?) 노력에도 불구하고 딸내미들까지 가세한 넷의 상권 전쟁은 치열했다. 처음에 편봉호가 가장 최근에 창업해 아직 가맹점 수가 많지 않은 스타벅스 하나만을 떼어준다 하자, 소인섭이 어림없다고 펄쩍 뛰는 것은 물론 큰딸 명주마저 가세해 인신공격성 발언(?)까지 서슴없이 했다.

"평소 그렇게 안 봤더니, 제부(弟夫) 너무하는 것 아니에요?"

"아, 그 정도면 됐지, 처형은 그까짓 상표 하나 차지하는 것 같고, 얼마를 더 떼어 줍니까?"

"허허, 이거 큰일 낼 사람일세. 정 상표 가치가 그렇게 없다면 내가 차지하겠네. 그 대신 나는 철공소와 신용금고 둘을 떼어 주겠네."

"그까짓 게 몇 푼 한다고요?"

"자네, 지금 말 다했나?"

이렇게까지 되자 급히 박 여사가 나섰다.

"자네들 이 무슨 추태인가? 이젠 장모는 사람같이 보지도 않는 겐가? 엄연히 장모가 앞에서 듣고 있거늘… 보자보자 하니 정말……."

박 여사마저 말을 하면 할수록 감정이 증폭되는지 끝내는 콧김을 거세게 내뿜으며 더 심한 소리가 나올 것 같자, 듣다 못한 태호가 주방에서 나와 말했다.

"형님들 그만하세요!"

처음으로 태호가 제대로 화내는 모습을 본 둘이 찔끔하

자 그가 다시 말했다.

"제 소유 중 삼원개발에서 이 신사옥만큼은 떼어내 큰형님 소유로 해놓겠습니다. 이렇게 되면 삼원을 대표하는 둘 중 하나인 사옥은 큰 형님이 차지하시는 것이고, 그룹명은 둘째 형님이 차지하게 되었으니, 남들이 보기에도 의좋은 형제라 하지 않겠습니까? 그리고 하나 더."

여기서 일단 말을 끊고 장내를 한번 훑어본 태호가 내처 말을 이었다.

"두 분이 제 선견력(先見力)을 인정하신다면, 8월 1일을 기해 우리 그룹이 비록 분할될지라도, 항시 문을 열어놓고 두 형님의 자문에 응하겠습니다. 어떻습니까? 제 중재안을 받아들이시겠습니까?"

"확실히 자네야말로 난사람이고 된 사람일세. 나는 더 이상 군말 없이 자네의 제안에 승복하네. 그리고 또 하나 자네의 경영 지도가 말만이 아닌 진짜 행동으로 이어져야 한다고 생각하네. 정말 그렇게 해주시겠나?"

"지금이 어느 자리라고 실언을 하겠습니까?"

"하하하! 좋네, 좋아!"

태호로부터 확답까지 받아낸 소인섭이 웃음으로 마무리를 짓자, 이어 편봉호도 승복하는 발언을 했지만 얄밉게도 사족을 달고 있었다.

"자네가 많이 차지한 것 중 일부를 준다니 천만다행일세. 자네의 선심으로 인해 큰동서가 승복했으니 나로서는 더 이상 이의가 있을 수 없지. 나 또한 승복하고 아주 만족하네. 하하하!"

편봉호 또한 웃음으로 마무리를 지었지만, 경영 자문에 대해서는 일언반구도 거론지 않고 말을 맺었다. 아무튼 태호의 살신성인(?)에 의해 순조롭게 세 자매의 재산 분할까지 마무리되자 장모가 제일 기뻐하며 말했다.

"배고플 텐데 어서 식사들 하러 가세."

"네, 장모님!"

*   *   *

다음 날 태호는 바로 그룹 전체 이사회 회의를 열어 그룹 분할 건을 상정시켜 무리 없이 만장일치의 동의를 받아냈다. 또 연달아 주주총회를 개최해 주주들로부터도 6할 이상의 동의를 이끌어냈다.

그리고 바로 신문지상에 그룹 분할 공고를 게재함으로써, 이의가 있는 지주들로부터 소청 내지 주식 매수청구권을 행사할 수 있는 시간을 주었다. 이렇게 이 명예회장 생전에 순탄하게 재산 분할까지 끝내자, 태호는 곧 장래에 대비한 포석을 하기 시작했다.

6월 5일에서 현충일로 넘어가는 자정.

태호는 16시간의 시차를 감안해 미국 실리콘밸리 내 연구소 소장실로 전화를 걸었다. 곧 김재익 소장이 전화를 받았다.

"형님, 접니다."

―아니, 안 자고 어쩐 일이오? 그쪽은 자정이 넘었을 텐데.

"막 넘어갑니다. 여러 소리 할 것 없이 이제 짐 싸서 영구 귀국 하십시오."

―아닌 밤중에 홍두깨도 유분수지. 갑자기 무슨 말이오?

"다시 부회장직을 맡아주셔야겠습니다."

―나는 골치 아픈 부회장직보다 이곳이 마음 편안하니 좋구먼.

"형님의 능력을 사장시켜도 유분수지. 더 이상 용납될 수 없는 일입니다."

―아니, 왜 이렇게 강경해졌소?

"사실은 그룹을 아예 분할해 버렸습니다."

이렇게 운을 뗀 태호가 약 3분에 걸쳐 자초지종을 자세히 설명했다. 설명을 다 듣고 난 김재익이 말했다.

―그것참, 말썽 없이 분할이 되었더니 그룹을 위해서는 그

보다 천만다행한 일이 없으나, 그렇게 되니 이제 내 신세가 고달파지겠는걸?"

"승낙하신 겁니다, 형님?"

―다는 곤란하고 일부만 맡겨주시게.

"전체를 돌보는 사람도 있습니다."

―그거야 김 회장의 능력이 출중하니 그런 거고, 나는 못해.

"참 누가 들으면 참말인 줄 알겠습니다."

―아무튼 그렇게 편의 좀 봐주시게.

"알겠습니다. 하면 부회장을 한 분 더 모시는 방향으로 할게요."

좀 소원했던 관계로 인한 어색함이 풀리자 곧 김 소장이 반말을 하기 시작했다.

―방향이 아니라 그렇게 하고, 참, 이곳은 누가 책임지나?

"그곳은 이미 내정을 해놓았습니다."

―누구로?

"황창규입니다."

―진대제는?

"반도체 사장에 내정해 놓았습니다."

―황창규만 해도 잘해낼 것이야. 그런데 우리 동문 중 대만 놈이지만, 하나 눈여겨보고 있는 놈이 있는데, 이번 기회

에 한번 데리고 들어가 볼까?

"좋지요."

―알겠네. 이곳 정리가 되는 대로 바로 귀국하는 것으로 하지.

"알겠습니다, 형님!"

―충성!

"하하하!"

이제는 부회장이 될 김재익 씨의 뜬금없는 농담성 인사에 태호는 대소하며 전화를 끊었다.

다음 날.

태호는 모 국회의원실로 아침부터 직접 전화를 걸어 자택 방문 약속을 받아냈다. 물론 저녁 7시 이후였다.

태호가 좀 전에 약속을 받아낸 인물은 대통령 비서실 경제 수석 비서관직에서 물러나고, 채 두 달도 안 되어 비례대표직을 승계받아 반쪽짜리 국회의원을 하고 있는 김종인 박사였다.

소련 방문 이후 그와 친밀하게 지내고 있는 것은 물론, 슐츠 전 미국 국무 장관이 현재도 그룹 고문으로 활동할 수 있게 그가 다리를 놓아주기도 했다. 아무튼 올 9월이면 국회의원 임기도 끝나는 그에게, 태호는 분가해 나올 신설 SW

홀딩스의 부회장을 맡길 참인 것이다.

만일 김 박사가 태호의 제의를 승낙한다면 태호를 정점으로 한두 명의 부회장마저 모두 김 씨이므로, '삼 김 체제'라는 이상한 구도가 형성될 것이다. 하지만 정치와는 무관하니 상관없는 일이었다.

태호는 이런저런 생각에서 깨어나자마자 인터폰을 들어 아직은 부회장인 소인섭을 호출했다. 그리고 채 10분이 되지 않아 그가 도착하자 태호는 정 비서실장을 배석시킨 채 그와 마주 앉았다.

이때 똑똑 노크 소리가 나더니 대리로 승진한 계 양이 마실 것을 쟁반에 들고 들어왔다.

소 부회장을 부를 때부터 미리 준비를 한 모양이었다. 회장실에 앉아 있는 삼 인의 기호야 물을 필요도 없으니 이제 알아서 척척이었다.

아무튼 커피 한 모금을 마시고는 탁자에 내려놓은 태호가 곧 입을 열었다.

"사옥 문제 말이죠."

"무슨……?"

태호가 대뜸 사옥 문제를 거론하자 줬다가 빼앗기라도 할까 봐 그런지 소 부회장의 표정에 순간적으로 당황하는 빛이 스쳤다.

그 모습을 보고 빙그레 미소 지은 태호가 말했다.

"며칠 안에 큰형님 그룹 명의로 등기 이전이 될 겁니다."

"감사합니다, 회장님!"

명색이 회장집무실이고 업무를 협의하는 중이기 때문에 소인섭은 태호를 깍듯이 예우했다. 그런 그를 계속 미소 띤 얼굴로 바라보며 태호가 계속해서 말했다.

"명의는 이전하지만 당장 우리나 삼원홀딩스가 이사하기는 어려운 일이니, 다달이 상응하는 세를 내는 것으로 하겠습니다."

"정말 그래주시겠습니까?"

"물론입니다. 이제 서로 분할 독립이 되는 것이니 확실히 해야죠. 하고 금번에 그룹명을 오원(五元)이라 하셨다고요?"

"그렇습니다. 삼원은 어쩔 수 없어 포기하지만, 그래도 삼원에서 연상이 되라고 오원홀딩스로 결정을 했습니다."

"제가 봐도 작명이 잘된 것 같습니다."

"감사합니다. 그런데 혹시 그런 일은 없겠지요?"

소인섭이 주저하며 묻는 것이 무엇인지 몰라 태호로서는 반문하지 않을 수 없었다.

"무슨 일 말입니까?"

"글렌코어에서 옛 삼원해운의 선박을 많이 용선해 사용하고 있었는데, 혹시 다른 곳으로 옮기거나 하는 일은 없겠죠?"

"우리가 남입니까?"

"물론, 그, 그렇죠. 한데 앞으로 해운 경기의 전망은 어떻겠습니까?"

정말 자신의 말한 대로 경영 자문을 받는 것을 보고 태호는 기꺼운 마음에 자세히 알려주기 시작했다.

"앞으로 8년은 호황, 그 후 8년은 대호황. 그러나 그 이후는 수직 낙하할 것이니, 용선에 주의하십시오. 대호황이라 물동량이 급격히 늘어난다고 함부로 선박을 많이 빌렸다가는 망하는 지름길로 갈 것입니다. 따라서 그 이후는 빠르게 용선을 정리해야 합니다. 특히 고정 용선비 지출부터 빨리 계약 해지를 하십시오."

"상세한 경기 전망을 해주셔서 정말 고맙습니다, 회장님!"

"하실 이야기 더 있습니까?"

"없습니다. 그럼……"

곧 인사를 한 소인섭이 물러가자 태호가 정 비서실장을 향해 말했다.

"64MD램 개발에 공이 큰 권오현을 컴퓨터 사장에, 반도체 사장에 진대제, 미국 연구소 소장에 황창규를 발령 내십시오. 또 김재익 연구소장을 SW홀딩스의 부회장으로 발령 내십시오."

"알겠습니다, 회장님! 그런데 다시 사옥을 지어야 하는 겁니까?"

"서로 돕고 살아야죠. 또 함부로 사옥을 짓는다고 낭비하지 말고, 돈이 되는 사업에 투자를 해야죠."

"알겠습니다, 회장님!"

태호가 겉으로는 소 부회장이나 정 비서실장에게 우리가 남이냐고 하며 다달이 세를 내고 신사옥도 못 짓게 했지만, 나름대로 포석을 전개하는 중이기도 했다.

5월 30일 이 명예회장의 집에서 상호 분리 독립에 대한 논의 및 식사가 모두 끝나자 철두철미한 이명환답게 그는 어느새 연락을 취했는지 변호사를 불러, 지금껏 논의된 내용에 대해 모두 구술해 문안을 만들고, 이에 대해 승낙하는 약정서도 여섯 사람 모두에게 받았다. 뿐만 아니라 공증까지 하게 했다.

그렇지만 태호로서는 만약에 대비하지 않을 수 없었다. 장인의 생전에는 그 약속이 잘 지켜지겠지만, 사후에는 혹시 안 지켜질지 몰라 지금부터 철저히 그 근거를 남기고 있는 중이었다.

즉, 매달 월세를 지급함에 따라 그것이 서로 분할을 인정하는 법적 증거로 채택될 수 있게끔 그 길을 걷고 있기도 한 것이다. 아무튼 이렇게 시작된 하루의 업무가 끝나고 잠시 지체한 태호가 회장실을 나선 것은 저녁 6시 무렵이었다.

즉, 약속 시간보다 1시간을 일찍 나선 것이다. 태호가 가려는 곳이 강남에서 강북 평창동인데다, 지금이 러시아워이니 차가 막힐 것에 대비해 일찍 나선 것이다.

사실 80년대 후반 마이카 붐이 급격히 일고난 후에는 교통 체증이 만성화되고 있는 서울이었다. 더구나 출퇴근 시간 무렵이면 짜증이 날 정도로 운행 속도가 떨어졌기 때문에 일찍 나서지 않을 수 없었던 것이다.

아무튼 그렇게 일찍 나왔음에도 불구하고 겨우 10분 전에야 북한산 기슭 고급 주택가에 진입한 태호 일행이 탄 차량이었다. 곧 일행의 차가 멎고 경호원들이 잽싸게 뛰어내려 문을 열어주자, 태호는 비로소 천천히 차에서 내려 앞집을 바라보았다.

비탈길에 제법 평수가 커 보이는 2층 주택이 높다란 담장 안에 갇혀 있었다. 곧 경호원 하나가 폰을 누르고 몇 마디 대화를 나누는 것 같더니 대문 전체가 스르르 열렸다.

미리 차에서 내린 태호가 머쓱할 정도로 대문이 자동으로 개폐되자 그로서는 고개를 갸웃하지 않을 수 없었다. 생각보다 풍요롭게 살고 있었기 때문이었다. 아무튼 태호가 안으로 걸어 들어가고 난 후, 세 대의 차 또한 대문 안으로 들어오자 대문이 스스로 닫혔다.

이때 현관문을 열고 나오는 사람이 있었다. 김종인 국회의원이었다.

"어서 오시게."

"일찍 퇴근하셨네요?"

"김 회장과의 약속이 있는데 일찍 안 오면 어쩌겠는가? 그리고 오는 건 좋지만 이렇게 꼭 요란 법석을 떨며 찾아와야 되겠는가?"

그답게 만나자마자 쓴소리를 해대자 태호로서도 변명을 하지 않을 수 없었다.

"밑의 사람들 때문에 어쩔 수 없습니다."

"대통령들도 다 그런 핑계로 과도한 경호를 받고 있다는 걸 알아야 하네."

"아, 계속 세워두실 참이십니까?"

"젊은 사람이 얼마나 서 있었다고……"

투덜거리면서도 자신부터 현관문을 열고 안으로 들어가는 김 박사였다. 그 뒤를 따르며 태호는 만나자마자 상대편이 불편할 정도로 쓴소리를 하긴 했지만 그가 좋았다.

너무 젊은 나이에 총수에 오르다 보니 자신에게 훈계할 사람이 주변에 장인 말고는 아무도 없었다. 그런데 이제 그마저 기력이 쇠하니, 김 박사의 경제적이나 정치적 식견도 필요하지만, 자신에게 거침없이 충고를 해줄 사람이 꼭 필요해 오늘 그를 찾아온 것이다.

곧 거실에서 부인과 인사를 나눈 태호는 그가 이끄는 대로 2층 서재로 향했다. 배가 고팠으나 내색할 게재도 아니어서 그의 서재에 마주 앉자마자 그가 먼저 물었다.

"왜? 내가 필요한 것인가?"

"그렇습니다."

"학교로 돌아가고 싶네만."

서강대학교 강단에 선 경력이 있는 그이기에 그런 말을 하는 것이다. 이에 대해 태호가 말했다.

"그보다 저를 좀 도와주십시오. 솔직히 제게 쓴소리해 줄 사람이 필요합니다."

"충고를 하면 잘 듣기는 하고?"

"물론입니다."

"흐흠……!"

잠시 생각에 잠겼던 그가 말했다.

"김 회장이 솔직히 말하니 나도 솔직히 말하지. 나도 몸값을 좀 높이기 위해 김 회장을 한 서너 번 방문케 하고 싶으나, 그런다고 없는 몸값이 올라갈 것도 아니니 바로 승낙하기로 함세."

"하하하! 역시 김 박사님은 기인다운 풍모가 있으십니다."

"기인은 무슨……."

"그런데 박사님의 집을 보고 깜짝 놀랐습니다."

"왜, 나는 좀 잘살면 안 되나?"

"그건 아니지만……."

"나도 아주 청렴한 사람은 못 돼. 하지만 이 집을 살 정도의 주변머리는 또 못 되고… 전세일세."

"하하하! 그렇군요. 그런데 몹시 배가 고픈데 어쩌죠?"

"김 회장이야 가정부 두고 살지만 우린 자식들 다 내보내고 이제 두 늙은이만 사는데……."

"무슨 벌써부터 그런 말씀을."

"내 나이 금년 쉰여섯이지만 옛날 같았으면 벌써 할아버지 소리 몇 번을 듣고도 남지. 아, 저녁! 우리 짜장면 하나 시켜 먹을까?"

"좋죠. 기왕이면 곱빼기면 좋겠습니다."

"생각보다 식사량이 많은데?"

"사업을 하다 보면 어쩔 수 없이 위대(胃大)한 사람이 됩니다."

"이해하지. 그러나저러나 귀 그룹에서 내 직책은 뭔가?"

"부회장님이십니다."

여기서 기존 부회장이 두 명 있는데 또 무슨 부회장이 필요하냐고 김 박사가 이론을 제기하지 않은 것은, 삼원그룹의 분할 건이 이미 대문짝만 하게 신문지상은 물론 공중파에도 며칠 동안 전파를 탔기 때문에, 그도 삼원그룹이 현재 어떻게 돌아가고 있는지 그 내막을 잘 알고 있었기 때문이었다.

아무튼 태호의 이야기가 이어졌다.

"문제는 부회장님이 또 한 분 있다는 것입니다. 물론 사전에 영역은 조율해 놓겠지만……."

"왜 화목하게 지내지 못할까 봐 걱정하는 것인가?"

"솔직히 그렇습니다."

"하하하! 그 문제는 걱정 마시게. 내가 독일서 공부를 했으니, 독일의 예를 들어 설명을 하겠네. 물론 경우는 조금 다르지만 그만한 아량은 나도 있다 생각하고 들어주면 좋겠네."

이렇게 운을 뗀 김 박사의 이야기한 내용을 정리하면 대음과 같은 내용이었다.

프러시아를 강국으로 만들어 독일을 통일하고 숙적 프랑스를 격파해 베르사유 궁전에서 프러시아 왕 빌헬름 1세를 독일 황제로 끌어올린 이가 비스마르크 수상이다. 그는 프러시아 경제를 발전시켜 국민을 하나로 뭉치게 했고 노련한 안목으로 국제정치를 주물렀다.

그가 강한 권력을 휘두르자 황태자가 빌헬름 1세에게 '비스마르크가 모든 것을 마음대로 한다'고 고해 바쳤다. 하지만 빌헬름 1세는 '그가 나보다 더 잘하니 놔두자'며 기다려 줬다. 그의 안목이 독일 통일과 독일의 영광을 만들었다.

지금 독일이 잘나가는 것은 2차대전 후 독일 체제를 만든 콘라드 아데나워와 루트비히 에르하르트 덕분이다. 에르하르트는 아데나워 총리 밑에서 경제 담당 장관을 지냈는데, 두 사람 사이는 매우 나빴다.

'에르하르트를 자르라'고 말하는 이가 많았으나, 아데나워는 '그가 경제를 잘 운영하고 국민이 그를 원하는데 어쩌겠나……'라며 기다렸다. 덕분에 전후 독일 경제는 부흥했고 에르하르트는 아데나워의 후임 총리가 됐다.

사람들은 에르하르트가 무소속이라는 걸 그때 처음으로 알았다. 기민당의 아데나워는 당적(黨籍)이 아니라 능력을 보고 에르하르트를 선택한 것이다. 인재를 알아보고 포용하는 지도자의 안목이 이래서 중요하다는 말로 그는 말을 맺었다.

그가 말을 끝내자 태호로서는 배고픔을 더 견디기 어려웠다. 배 안에서 천둥 번개가 치고 난리가 났기 때문이었다. 이에 태호는 휴대폰으로 경호원 하나를 호출해, 모두가 다 먹을 수 있는 양의 짜장면과 탕수육을 주문하도록 했다.

제9장
사업체의 분리 독립 Ⅱ

미국 연구소 소장으로 발령받은 황창규가 미국으로 떠나고, 그로부터 사흘 뒤에는 인수인계를 끝낸 김재익 부회장이 정식으로 출근을 했다.

이에 태호는 그를 접견했다.

그런데 문제는 그의 말대로 낯모르는 청년 하나를 같이 데리고 나타난 것이다.

그것도 그가 말한 대로 친숙한 동양인이었다. 둘의 간단한 인사가 끝나자마자 김 부회장이 그 사람을 태호에게 소개했다.

"인사하시게. 우리 그룹 회장님이시네."

"아, 네. 스탠퍼드대 박사과정에 재학 중인 제리 양(Jerry Yang)이라 합니다. 중국명은 양치원(楊致遠)입니다."

"중국 이름이나 미국 이름이나 양 씨 성을 쓰는 건 맞죠?"

"네."

무심코 분위기를 가볍게 하기 위해 농담을 하던 태호가 갑자기 멍한 얼굴이 되어 눈앞의 청년을 주시하기 시작했다. 그리고 확신하지 못한 음성으로 물었다.

"혹시 동료와 함께 학내에 무슨 검색엔진을 운영하고 있지 않소?"

"어떻게 아셨습니까? 혹시 선배님이……?"

말과 함께 김 부회장을 쳐다보는 스물일곱 살 청년을 바라보던 태호가 갑자기 무거운 안색이 되어 말했다.

"일단 자리에 앉읍시다."

"네, 회장님!"

곧 셋은 소파로 이동해 자리를 잡았다. 그리고도 잠시 제리 양을 바라보던 태호가 한 가지 제안을 했다.

"만약 그 검색 서비스가 많은 이용으로 용량이 넘쳐나, 많은 수의 웹 사이트를 주제별로 분류할 수 있는 소프트웨어를 개발하게 된다면, 내 투자를 받아 확장할 생각은 없소?"

"아……!"

이건 또 무슨 상황인가? 태호의 말에 갑자기 무슨 영감이 떠올랐는지 멍한 표정의 제리 양은 한동안 그의 벌린 입에 누가 파리를 집어넣어도 모를 정도로 깊은 생각에 빠져 있었다.

이럴 때는 누구도 건드려서는 안 된다는 것을 누구보다 잘 알고 있는 두 사람은 그가 생각에서 깨어나길 한참 동안 기다렸다.

마침내 그가 생각에서 깨어나 말했다.

"회장님의 말씀에 한 가지 좋은 아이디어를 떠올렸습니다. 주제별 웹 사이트 말이죠."

"당신 같은 천재라면 내 말이 아니더라도 언젠가는 떠올렸을 것이오."

민망한 표정을 지은 제리 양이 답했다.

"그럴지도 모르지만 아닐 수도 있죠. 영감이라는 것은 한 순간에 떠올랐다가 순식간에 사라지니까요. 아무튼 회장님 말씀에 답을 해야겠는데, 제게는 함께 운영하는 동료가 한 명 있습니다. 데이비드 필로(David Filo)라고. 따라서 모든 상황은 그와 함께 의논해야 되니 즉답을 드릴 수 없음을 용서해 주세요."

"무슨 용서씩이나? 하여튼 투자를 받을 필요가 있을 때는 우리의 투자부터 제일 먼저 받겠다는 약속만은 해주시게."

"그 정도는 제 선에서도 약속할 수 있습니다. 사업 아이템을 떠올리게 한 분을 나 몰라라 한다는 것은 인간적인 도리 면에서도 안 될 일이죠."

"반듯하게 성장한 청년이고만, 하하하!"

"뭔 일인지는 자세히 모르지만, 덕분에 나도 덩달아 기분이 좋아지는데."

"아무렴요. 저 청년 덕분에……."

'우리가 떼돈을 벌 수 있을지도 모르는데요'라는 말을 하려다가 태호는 급히 말을 수정했다.

"우리의 생활이 훨씬 편리해질지도 모르는 일인데요, 하하하!"

김재익도 인재를 보는 눈이 있어 훗날, 아니, 내년 3월이면 당장 검색엔진 야후(Yahoo)의 창업자를 데려왔을 것이다. 그렇지만 참으로 인연이란 것이 묘하고 공교롭다는 생각도 들었다.

아무튼 이후 두 사람이 만든 웹 페이지가 점차 인기가 높아지자 스탠퍼드대학교의 서버로 감당하기가 어려워졌다. 그리고 얼마 후 당시 인기 있는 인터넷 브라우저였던 넷스케이프(Netscape)의 창시자인 마크 안드레슨의 제안을 받고, 자신들의 웹 페이지를 그가 운영하는 대용량 컴퓨터로 이전하여 넷스케이프에 링크하였다.

이후 야후는 많은 사람들에게 급속하게 알려지기 시작했으며 웹 사이트를 속성별로 분류한 디렉토리 검색에 주목하기 시작했다.

1995년 3월. 마침내 야후는 사업의 가능성이 확인되면서, 약속대로 태호에게 100만 달러의 투자를 받아 본격적인 인터넷 서비스 사업체로 등장하게 되었다.

이 당시의 지분은 태호가 34% 두 사람 공히 33%였다. 아무튼 이후 야후는 1996년 4월 미국 주식시장에 기업을 공개했으며, 주식 발행액은 약 8억 5,000만 달러를 기록했으며 거래 첫날 154%의 주가 폭등이 일어났다.

이로써 태호는 야후 주식이 미국 나스닥에 상장되자마자, 단 하루.만에 4억 4천 4백만 달러를 벌어들이는 진기록을 세웠고, 야후는 세계 제1의 검색엔진으로 떠올랐다.

또한 제리 양의 운명도 한순간 달라졌다. 평소 일본 스모와 골프를 좋아하는 평범한 전기공학도에서, 아이디어로 인터넷 비즈니스를 주도하는 세계적 벤처기업가로 떠오르게 된 것이다.

물론 태호와 버금가는 돈을 그 또한 하루 만에 벌게 되었고, 그의 동료 데이비드 필로도 역시 마찬가지였다.

위의 이야기는 몇 년 후의 일까지였고, 다시 현 시점으로 돌아와 태호는 그다음 날 제리 양을 삼원항공 편에 무료로

탑승시키는 것은 물론 용돈도 1만 달러 정도 쥐어주며 정중히 보내주었다.

*　　　　*　　　　*

94년 7월 30일 토요일.

사옥 대회의실에서는 오전 7시 전부터 SW홀딩스에 속하는 임원급 이상의 전 간부들이 집합해 있었다. 회장 주재 회의가 예정되어 있었기 때문이다.

각 계열사 사장은 물론 전 임원이 일제히 기립해 있는 가운데, 정각 7시가 되자 김재익 부회장과 정 비서실장 및 수행비서들이 줄줄이 들어오기 시작했다. 곧 단상에 선 태호가 말했다.

"자, 다들 앉아요."

태호의 말에 소리 없이 모두 착석하는 가운데 김 부회장을 비롯한 수행원들도 뒤의 의자에 앉았다.

물론 직급이 낮은 수행원들은 모두 서 있었지만. 아무튼 기침 소리 하나 없는 실내를 한 바퀴 돌아본 태호가 입을 떼었다.

"금번에 그룹이 분리되면서 여러분도 지배 구조를 살펴보았을 것이오. 달라진 것이 무엇입니까? 얽히고설켰던 순환 출자가 사라지고, 이제는 SW홀딩스를 정점으로 각 사가 SW 홀딩스의 자회사가 된 것입니다. 이게 무얼 의미하느냐?"

이 대목에서 말을 끊고 장내를 한 바퀴 돌아본 태호의 표정이 좀 더 엄숙해지며 발언을 계속 이어나갔다.

"한마디로 말하면 각 계열사별 독립 경영입니다. 전에는 흑자가 많이 나는 계열사가 적자가 나는 기업의 적자를 보전해 줄 수도 있었습니다. 시쳇말로 말하면 한두 개 잘나가는 기업이 그렇지 못한 기업을 지원해, 각 사를 끌고 나갈 수도 있었습니다. 그러나 이제는 전혀 다릅니다. 전까지는 동료라 생각했던 옆의 계열사가 이제는 전혀 지원을 해줄 수 없습니다. 단지 지원해 줄 수 있는 곳은 모회사인 SW홀딩스뿐인데, 이 모기업이라고 해서 적자 나는 기업을 무작정 지원해 끌고 나가려 할까요? 천만의 말씀입니다. 이 자리에서 분명히 말씀드리자면 그런 기업은 바로 정리절차에 들어갈 것입니다. 물론 업종에 따라서는 경기순환 사이클상 한두 해 적자를 기록했다 반등하는 업종도 있을 것입니다. 그런 기업만은 모기업의 지원을 받을 수도 있을 것입니다. 이와 같이 앞으로 적자를 내는 계열사는 정리 대상이라는 것을 명심하시고, 여기 앉아 계신 임원진부터 정신 똑바로 차리고 경영에 임해주시기 바랍니다."

여기서 잠시 탁자 위의 물로 목을 축인 태호의 말이 계속

되었다.

"사람을 움직이는 것은 공포와 소망입니다. 전자가 공포를 언급했다면 소망이 있어야 하지 않겠습니까? 그러니 여러분들은 이 회의가 파하는 대로 10년 장기 발전 계획을 수립하시고, 그걸 또 연 단위로 세분화한 로드맵도 기안해 전략 기획실로 보고해 주시기 바랍니다. 이렇게 해 장기 발전 계획이 세워지면, 여러분들 스스로가 먼저 달성 가능 하다고 믿고, 그 전도사가 되어 그 비전을 아랫사람들에게 전파하고 공유해야 합니다. 그래서 전 사원들이 그 비전 아래 하나로 똘똘 뭉쳐 전진할 때, 그 기업은 분명 크나큰 성장을 거듭할 것입니다. 따라서 여러분들은 돌아가시는 대로, 장기 발전 마스터플랜부터 작성해 보고해 주시기 바랍니다."

여기서 또 한 번 말을 끊고 장내를 돌아본 태호의 말이 이어졌다.

"신체제에서도 성과급 제도와 연봉제는 유효합니다. 또한 어떠한 대가를 치르더라도 노조는 용납할 수 없습니다. 지금과 같이 아랫사람들 동향을 잘 살펴 노동 조합을 결성하는 일이 없도록 해주시기 바랍니다. 물론 노조 결성을 금지하는 것이 헌법에 보장된 결사의 자유를 침해한다는 것 정도는 나도 잘 알고 있습니다. 그러나 만약 노조가 결성되어 무리한 요구가 거듭될 때, 그 폐해가 큰 것도 분명한 사실이기 때문에, 예전과 같이 노조가 결성되지 않아도, 우리 그룹은 선제적으로 사원들의 처우를 개선해 주고 복지 혜택에도 힘쓸 것입니다. 그러니 여러분부터가 경계와 자부심을 갖고, 대한민국 최고, 아니, 더 나아가 그 분야 세계 최고의 기업이 될 수 있도록, 지속적으로 노력해 주시기 바랍니다. 이상입니다."

짝짝짝!

곧 임원진의 박수갈채를 뒤로하며 태호는 곧바로 수행원들을 이끌고 퇴장해 버렸다.

*   *   *

8월 1일 월요일 오전 10시.

태호와 효주는 이 명예회장을 양쪽에서 부축하고 사옥 현관을 들어서고 있었다. 그 뒤로는 분리된 그룹의 회장이 된 소인섭과 편봉호는 물론 분리된 각 그룹의 부회장들이 뒤를 따르고 있었다.

그런데 이 장면을 수많은 경제부 기자들이 촬영하며 어떤 기자들은 녹음기를 들이대며 즉석 인터뷰를 요구하기도 했다.

그러나 곧 그들은 이 명예회장의 경호원들에 의해 제지를 받아 뜻을 이룰 수 없었다.

아무튼 곧 회장 전용 엘리베이터를 타고 이들이 순식간에 사라지자 기자들은 닭 쫓던 개처럼 멍한 표정이 되었다가 이내 하나둘 사라졌다.

소회의실.

각 사 사장급 이상이 모인 자리에 이 명예회장을 위시한 태호 부부가 들어서자 전부터 기립해 있던 각 사 사장들이 박수로 일행을 맞았다.

곧 단상 앞 의자에 앉은 이 명예회장이 손짓을 하자 모두 자리에 착석했다.

잠시 마이크를 손으로 톡톡 두드려 이상 없음을 확인한 이 명예회장이 입을 떼었다.

"주지한 바와 같이 오늘부터 옛 삼원그룹은 별도의 세 그룹으로 분리 독립 되어, 세 사람의 회장에 의해 각각 다른 체제로 운영되게 되었습니다. 그러나 내 입장에서 보면 다 똑같은 계열사고 그룹 내의 한 식구입니다. 그러니 각 그룹 회장 이하 모두 동질감을 가지고 경영에 매진해, 더욱 번창하는 삼원그룹이 되어주시길 바랍니다."

여기서 잠시 호흡을 고른 이 명예회장의 말이 이어졌다.

"이제 내 거취에 대해 말씀드리겠습니다. 명예회장이라는 타이틀은 계속 가지고 있겠지만, 경영에 대해서는 일절 간섭

하지 않을 것입니다. 사옥 출근도 않겠습니다. 기력이 예전 같지 않고 많이 쇠해졌기 때문에 어쩔 수 없는 일이 되었습니다."

이 대목에서 다 같이 늙어가는 창업 공신들은 물론 일부 젊은 사장들도 손수건으로 눈물을 닦아내며 소리 죽여 흐느꼈다.

아무튼 이 명예회장의 말은 계속되었다.

"이제 내가 하고픈 말을 몇 단어로 정리하겠습니다. 각자도생(各自圖生), 우애(友愛), 화목(和睦), 번창(繁昌)입니다. 여러분들 그동안 고마웠습니다. 우리 그룹이 대한민국 일등 기업이 되도록 함께 고생한 여러분들께, 다시 한번 감사한 마음을 전하며, 이만 물러가도록 하겠습니다. 내내 건강하시고 건승하십시오."

"회장님! 엉엉엉!"

"회장님! 흑흑흑!"

짝짝짝!

함께 그룹을 일구어온 나이 많은 그룹사 사장들이 울음을 터뜨리는 데 비해 젊은 사장들은 무표정한 얼굴로 형식적인 박수를 보내고 있었다.

이 명예회장이 자리에서 일어나자 태호와 효주가 급히 그를 부축해 장내를 떠나갔다.

한 시대 거목의 쓸쓸한 퇴장에 비감한 눈물 쏟아내는 창
업 공신들을 뒤로한 채……

＊　　　　＊　　　　＊

다음 날 한 유력 일간지의 경제면에 이런 글이 실렸다. '대
한민국 최고의 기업을 일군 거목의 쓸쓸한 퇴장'이라는 타이
틀로 이어진 기사는 다음과 같았다.

대한민국 최고의 기업을 일군 거목답게 이 명예회장은 경영
일선에서 완전히 손을 떼면서도, 그룹의 중심은 여전히 김태호
회장이라는 것을 대내외에 보여주는 퍼포먼스를 연출했다.

김태호 부부의 부축을 받으며 들어오는 것 자체가 그런 연
출의 일환이고, 이를 받아들인 소, 편 신임 회장들 역시 이를
인정한다는 제스처로 말없이 그를 수행했다.

앞으로 세 그룹으로 쪼개진 옛 삼원그룹이 어떤 길을 걷느
냐에 따라, 경제계에 미치는 파장은 물론, 대한민국의 경제도
많은 영향을 받을 것으로 예상이 된다.

태호가 이 명예회장을 현관까지 모셔다드리고 자신의 집
무실로 돌아오니 선객이 있었다. 삼원개발의 이대환 사장이

었다.

이 사장이야말로 이명환과 같은 연배로 음지에서 그룹의 비자금이나 여타 재산을 관리해 온 그룹 발전에 기여도가 높은 인물이었다.

그런 그가 먼저 자리를 잡고 앉아 있자 태호로서는 직감적으로 그가 무슨 용건 때문에 온 것인지 감을 잡을 수가 있었다.

그러나 전생까지 합하여 100여 년을 산 노회한 인물답게 표정으로는 전혀 이를 드러내지 않고 그에게 물었다.

"차는 한잔하셨습니까?"

"아니오. 주인도 없는 방에 먼저 들어와 앉아 있는 것도 무례한 일인데, 어찌 차를 달라 할 수 있겠습니까?"

"허허……! 이놈들이 완전히 군기가 빠졌군."

한마디 한 태호가 즉각 인터폰을 드는 것 같더니 호통을 내질렀다.

"들어와!"

곧 노크 소리와 함께 금년 입사한 막내 강현주 양이 들어와 고개를 조아렸다.

"부르셨습니까? 회장님!"

"어찌 사장님께 차 한 잔도 안 드렸나?"

"그, 그게……."

"회장님, 제가 차 들인다는 것을 함께 마시겠다고 사양했으니, 너무 그러지 마세요."

이대환이 연배에 어울리게 사회 초년생을 감싸자 강 양은 감격한 얼굴로 이 사장을 바라보고 있었다. 그런 그녀는 모른 척하고 태호가 이 사장에게 물었다.

"여전히 커피 좋아하십니까?"

"네. 하지만 전같이 많이 마시지는 못합니다. 이제는 몇 잔만 마셔도 심장이 뛰고, 더더욱 잠이 안 오네요."

"그러면 다른 차로 드시는 것이… 꿀 차 있나?"

"네, 회장님!"

"그럼, 꿀 차 한 잔과 커피 한 잔 가져와요."

"네, 회장님!"

곧 강 양이 나가자 태호가 이 사장에게 시선을 돌리며 물었다.

"무슨 일 때문에 오셨습니까?"

"여기……."

말과 함께 품에서 흰 봉투 하나를 꺼내 탁자 위에 슬그머니 올려놓는 이 사장이었다. 그러자 태호가 내용물도 보지 않고 물었다.

"이게 뭡니까?"

"사직서입니다."

"네? 왜 갑자기 사직원은 들고 오셨습니까?"

"이제 명예회장님도 물러나시고…… 때가 되면 알아서 물러나야 하는 것인데, 노욕에 너무 오랫동안 사장 자리를 지키고 있었습니다."

"뭔 말을 그렇게 하십니까? 알 만한 사람은 다 압니다. 사장님이 우리 그룹의 발전에 음으로 양으로 얼마나 기여하셨는지."

"과찬의 말씀, 회장님께 그런 평을 듣는 것만으로도 삶이 욕되지 않았다는 것을 느끼고, 진실로 회장님께 감사한 마음입니다. 더 오래 회장님을 곁에서 보좌하고 싶지만 이젠 체력이 따르니 않으니, 정말 물러날 때가 아닌가 합니다."

"허허, 이것 참……!"

이때 강 양이 차를 들고 들어왔으므로 잠시 대화가 중단되었다. 곧 강 양이 차를 공손히 탁자 위에 놓고 나가자 차를 권하며 태호가 말했다.

"정 그러시다면 앞으로 3년만 더 측근에서 보좌해 주십시오."

"정말 제 말은 하나도 진실 아닌 것이 없습니다. 첫째로 체력이 감당이 안 됩니다. 둘째로는 이제는 젊은 사람들이 제 뒤를 이어 활발하게 뛰는 것이 맞습니다. 그러니 회장님, 더 이상 제게 여러 말 하지 않게 해주십시오."

"허허, 이것 참……!"

난처한 표정으로 한동안 천장을 응시하던 태호가 이내 결심을 굳혔는지 굳은 표정으로 말했다.

"정 사장님께서 그렇게 말씀하시니 수용은 하겠습니다만, 하나만 수용해 주십시오."

"뭔데 그러십니까?"

"틈나는 대로 회사도 들러주시고, 제 자문에 응해주시겠다고요."

"그야, 물론이죠. 제가 죽기 전까지는 꼭 그렇게 하도록 하겠습니다."

"저도 종종 댁으로 찾아갈 테니, 귀찮다 마시고 차나 한 잔씩 주세요."

"회장님이야말로 술을 훨씬 즐기시는 것으로 아는데, 오시면 수십 병 있는 양주로 모시겠습니다."

"그 술병 다 비우기 위해서라도 자주 찾아뵙겠습니다."

"얼마든지 환영입니다, 회장님!"

이렇게 두 사람은 서글픔이 아닌 끝까지 화기애애한 모습을 연출할 수 있었다.

머지않아 차를 다 비운 이 사장이 자리에서 일어나자 태호는 집무실을 나와 비서실 출입구까지 그를 전송했다. 그리고 자신의 방으로 돌아오며 태호가 정 비서실장을 불렀다.

"실장님! 나 좀 봐요."

"네, 회장님!"

곧 자리로 돌아온 태호가 맞은편에 앉은 정 비서실장을 바라보며 말했다.

"이 사장님의 사표를 수리했습니다. 후임으로는 총무 부서 반종수 상무이사를 임명할 테니, 그 사람에게 통보하고 임명장을 준비해 주세요."

"알겠습니다, 회장님!"

"내일은 각 사 전 사장들과 지방 공단을 돌아볼 예정이니 김종인 부회장도 함께 가실 수 있는지 여쭤보고요."

"알겠습니다, 회장님!"

9월 30일까지는 그가 국회의원 신분을 유지하고 있으므로, 김 박사는 아직 그룹에 합류하지 못하고 있었다.

*   *   *

다음 날 오전 8시.

태호의 집무실 내 비치되어 있는 장방형 긴 탁자에는 각 계열사 사장들이 이 열로 나뉘어 자리를 잡고 있었다. 그 면면을 살펴보면 다음과 같았다.

헤드 테이블에 앉은 태호를 기준으로 양측 가장 가까이

앉은 김재익, 김종인 부회장, 그리고 오른쪽으로는 부사장에서 사장으로 승진한 테드 호프 인텔SW반도체휴대폰 사장, 진대제 반도체 사장, 권오현 컴퓨터 사장, 강기종 휴대폰 사장, 설천량 전자 사장, 허유영 이동통신 사장 등이 앉아 있었다.

왼쪽으로는 김종인 부회장을 위시해 상사의 김현구 사장, 자동차의 윤준오 사장, 홍민표 증권사장, 배형주 삼원항공 사장, 신임 삼원개발 사장 반종수, 건설의 문창수 부사장, 건설의 강동철 사장은 현재 말레이시아 공사에 참여하고 있으므로 대신 문 부사장이 참석한 것이다.

아무튼 그 외에 태호의 뒤로 정 비서실장을 비롯해 이사로 승진한 김병수 등 비서진이 배석한 자리에서 태호가 먼저 자리에서 일어나며 말했다.

"자, 차 다 드셨으면 일어납시다."

"네, 회장님!"

곧 자신을 따라 일어나는 면면들을 보며 흐뭇한 미소를 지은 태호가 앞장을 서자, 줄줄이 부회장 및 각 사 사장들이 뒤를 따랐다.

여기서 하나 짚고 넘어갈 것은 반도체와 컴퓨터사업이 나름 크게 번창함에 따라 분사를 하게 되어, 진, 권의 두 사장 체제가 되었다는 점이다.

또 이동통신 역시 기존의 이동통신에서 휴대폰 사업부를 분리해, 한국이동통신에서 스카웃해 온 허유영 사장 외에도, 금번에 폴더폰 개발에 공이 큰 강기종 전 한국연구소 부사장을 분사와 동시에 사장으로 발령 냈다는 사실이었다.

아무튼 두 시간이 지나자 각 사 사장의 수행원과 경호원까지 더해져 수십 대의 차량이 꼬리에 꼬리를 물고 경부고속도로를 질주하기 시작했다.

이내 대전분기점에서 호남고속도로로 접어든 차량들은 군산을 향해 달리기 시작했다.

그로부터 약 1시간을 더 달려 군산 공단에 도착한 태호는 일행을 이끌고 곧장 자동차 디자인연구소로 향했다. 이곳에 온 가장 큰 목적이 거기에 있었기 때문이었다.

아무튼 2층으로 이루어진 연구소 1층에 들어서니 사전 연락을 받았는지 자동차 종합연구소 소장 카를로스 곤과 디자인 연구소의 수석 디자이너 이안 칼럼(Ian Callum)이 공손히 태호를 맞았다.

"오셨습니까? 회장님!"

"수고들 많소."

그들의 인사를 받은 태호가 그들 뒤편에 전시되어 있는 날아갈듯 유려한 곡선미를 자랑하는 붉은색 자동차를 손가락질하며 물었다.

"저것이 금번에 개발한 신차입니까?"

"그렇습니다, 회장님!"

태호가 금번에 자체 개발한 준중형차를 향해 걸어가자, 각 사 사장들도 그를 따라 신차로 향했다.

태호가 처음 걸어간 곳은 크림슨 레드 컬러라는 붉은색 준중형 승용차였다.

훗날 세계 3대 자동차 디자이너로 불리는 이안 칼럼의 작품이니 미려하면서도 유려한 외관이야 당연하다는 듯, 고개를 끄덕인 태호가 궁금한 사항을 물었다.

"몇 cc죠?"

"1598cc입니다."

윤 사장의 답변에 태호가 또 한 번 고개를 끄덕이며 말했다.

"1600cc부터 중형으로 치는 것으로 아는데 거의 중형이나 다름없는 배기량이로군요."

"그렇습니다. 미국 승용차 시장을 타깃으로 만든 관계로 준중형치고는 상당히 넓은 실내 공간을 확보한 것이 특징입니다."

"넓은 실내 공간을 싫어할 사람은 없으니 잘된 일이고, 그러나 저러나 가장 중요한 연비가 얼마요?"

태호의 물음에 자동차 종합연구소 소장 카를로스 곤이

즉각 대답했다.

"복합 15.3으로 테스트한 결과, 고속도로에서는 1리터를 가지고 18㎞를 달릴 수 있는 것으로 나왔습니다. 도심에서는 그 환경에 따라 조금씩 차이가 나겠지만 아무튼 동급 차량 중에서는 최고의 연비를 자랑하는 차량입니다. 아직 이렇게 뛰어난 연비를 자랑하는 차량은 우리만이 개발했으니, 충분한 경쟁력이 있습니다, 회장님!"

"좋소! 한데 중형차는 아직 시제품도 안 나온 것이오?"

"한 대를 만들어 지금 테스트 중에 있습니다, 회장님!"

"그 역시 연비가 뛰어나겠죠?"

"물론입니다, 회장님! 연비 테스트 결과 동급 차량 중에서는 최고의 연비를 자랑하고 있습니다."

"좋소. 아주 좋아! 우리 수석 디자이너도 명성만큼이나 뛰어난 명차를 만들어줘서 고맙고."

통역을 통해 이를 전해 들은 이안 칼럼의 입이 자신도 모르게 귀에 걸렸다.

종전까지는 좀 미흡하지만 금번 디자인과 훗날의 몇 작품의 디자인이 더해져 세계 3대 명 디자이너로 명성을 얻게 된 이안 칼럼(Ian Callum)은 1954년 스코틀랜드에서 태어난 영국인이었다.

14살이 되던 해에 재규어(Jaguar)에 자신의 디자인한 그림을 평가해 달라고 보낼 정도로, 자동차 디자인에 관해서는 대단한 열정의 소유자였다. 그런 칼럼은 코벤트리(Coventry) 대학에서 자동차 디자인을 전공했으며, 애버든 아트 컬리지와 글래스코 스쿨 오브 아트에서 Inderstrial Design 학위를 받았다.

이후 Royal College of Art in London에서 Vehicle Design 대학원 석사 학위를 받았다. 그런 그는 1979년부터 1990년까지 포드에서 근무를 했다. 이 기간 동안 초기에는 스티어링 휠 디자인을 하였고, 점차 포드의 주력 모델인 피에스타(Fiesta) 나 몬데오(Mondeo) 의 디자인 작업에 참여를 했다.

이 모델은 RCA 졸업 동기인 피터 호버리(Peter Horbury)와의 콜라보레이션 작업으로서 그가 자랑스러워하는 포드에서의 마지막 작업이었다. 이후 그기 포드의 자회사 기아(Ghia)의 디자인 스튜디오 in 토리노 디자인 매니저에 임명되어 가는 것을 그룹에서 픽업해 온 것이다.

역시 빼어난 그의 동생 모레이 컬럼(Moray Callum)과 함께였다. 아무튼 그동안 자동차 분야는 장족의 발전을 거듭했다. 크라이슬러사의 신용을 얻어 자동차의 핵심 부품인 파워 트레인 부분의 엔진과 변속기를 생산해 납품할 정도였다.

물론 그들의 기술 지도도 받았다. 여기에 지프차 기술력이 접목되고, 또 거기에 밤을 잊은 수백 명 연구원들의 노력이 더해져, 세계 톱클래스의 명차를 금번에 세상에 출시하게 된 것이다.

명차를 본 태호의 기쁨은 이루 말할 수 없이 컸다. 그래서 태호는 즉각 그 자리에서 카를로스 곤과 이안 칼럼에게 준비해 온 금일봉을 하사하고, 그들의 노고를 크게 치하해 마지않았다.

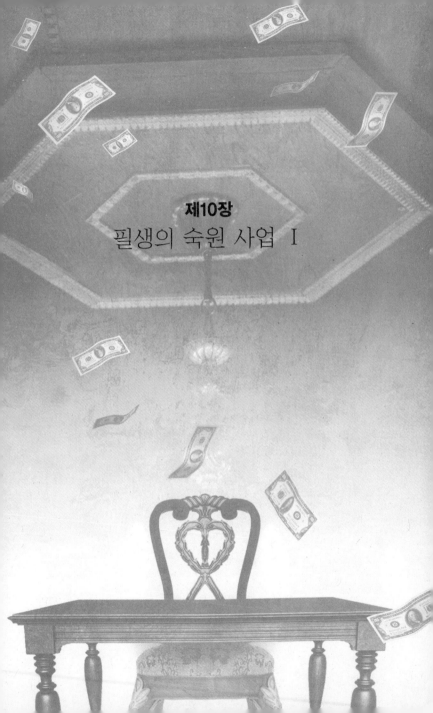

제10장
필생의 숙원 사업 I

디자인연구소를 나온 태호는 수많은 부품 공장 중 몇 곳을 대충 둘러보더니 곧장 청주 오창 공단으로 출발했다. 한 시간여를 달려 오창 공단에 도착한 태호의 눈앞으로 수많은 공장이 가득한 드넓은 공단 지대가 펼쳐져 있다.

　200만 평을 조성하고도 모자라 추가로 200만 평을 조성하고 있는 공단의 절반이 공장으로 빼곡하게 들어차 있었다. 이 많은 공장 중에서도 태호는 휴대폰 공장을 시찰했다.

　금년 강기종 박사 팀에 의해 세계 최초로 폴더폰을 세상에 선보이는 바람에 이 공장은 3교대 풀로 가동해도 미처 수요를 따르지 못하고 있는 실정이었다.

훗날의 이야기지만 모토로라에서는 96년이나 되어야 폴더 폰 사양인 스타텍을 출시하기에 그동안의 특수는 그야말로 독야청청 군림천하였다.

아무튼 이 공로로 인해 강기종 박사는 휴대폰 사장직에 올랐고, 연구팀은 자극을 받아 신제품 개발에 더욱 골몰하고 있었다.

아무튼 약 한 시간에 걸쳐 휴대폰 생산의 전 공정을 돌아본 태호는 만족한 듯 연신 고개를 끄덕이며 흐뭇한 미소를 지었다.

＊　　　　＊　　　　＊

이렇게 또 한 해가 가고 95년 새해 벽두부터 정 비서실장이 전해준 낭보에 태호는 대소를 터뜨리며 말했다.

"하하하! 드디어 때가 되었구나! 하하하!"

마치 미친놈처럼 대소를 연이어 터뜨리던 태호는 돌연 우뚝 웃음을 멈추고 정 비서실장에게 지시했다.

"미국 총괄 법인에 지시해 뉴욕에서 이틀 후 슐츠와 회동할 수 있도록 지시하고 계속 마틴—마리에타(Martin—Marietta)의 동향을 예의 주시 하도록 하세요."

"네, 회장님!"

답하고 물러가려는 정 비서실장을 태호가 제지했다.

"잠깐만요."

"네."

"차제에 윤준오 사장을 아예 미국 총괄 법인 사장으로 발령 내고 자동차는 카를로스 곤에게 맡기도록 하세요."

"알겠습니다, 회장님."

그가 나가자 태호는 한동안 자리에 앉아 앞으로의 일을 면밀히 구상했다.

이튿날.

태호는 돌연 미국으로 출국했다. 이 미국행에는 미국 총괄 법인 사장으로 발령받은 윤준오 및 예의 수행원들이 수행하고 있었다.

아무튼 일본을 경유해 오는 바람에 꼬박 16시간 30분을 비행기에 갇혀 있던 관계로 뉴욕 존F.케네디국제공항에 내리자마자 태호는 허리가 뒤틀리는 것을 느끼며 몸을 풀기 위해 좌우로 상체를 뒤틀었다.

곧 태호 일행은 마중 나온 미국 총괄 법인 부사장 이건상 및 직원들이 가져온 승용차에 올랐고, 약 한 시간을 달려 월스트리트를 중심으로 세계의 금융 경제를 이끌어가는 로어맨해튼 지역에 들어설 수 있었다.

미국 총괄 법인 부사장 이건상은 금년 48세로 서울대 경영학과와 대학원을 거쳐 미국 보스턴대학에서 경영학 박사학위를 딴 후 미국 베어스턴스 증권사 아시아 영업본부장을 지낸 뒤 골드만삭스에서 다년간 헤지 펀드를 만진 경험이 있는 유능한 금융인이었다.

아무튼 태호 일행이 월스트리트에 들어섰다는 것을 증명하듯 85M에 이르는 고딕 양식의 첨탑이 빌딩 숲속에서도 유난히 눈에 띄었다.

1846년에 완공된 트리니티 교회였다. 자연스럽게 시선이 위로 가는 것을 느끼며 태호가 내린 곳은 세계 무역센터와는 상당히 거리를 두고 있는 마천루 앞이었다.

2001년 9월 11일 발생할 9.11테러 사건을 염두에 두고 건물 입주를 시킨 까닭이다.

아무튼 태호는 끝이 보이지 않을 정도로 높은 건물 1층에서 엘리베이터를 타고 12층에서 내렸다.

미국 총괄 법인은 이 건물의 10층에서부터 12층까지 전체를 빌려 사용하고 있었고, 사장실이 12층에 있는 관계로 12층에서 내린 것이다.

아무튼 본국으로 떠난 전 법인장실로 들어간 태호가 잠시 휴식을 취하고 있는 동안, 밖에서는 윤준오가 업무 파악을 위해 이건상에게 보고를 받는 등 분주하게 움직이고 있었다.

30분간 휴식을 취한 태호는 곧 윤준오와 이건상을 사장실로 불러들였다. 정 비서실장도 당연히 배석했다.

태호가 잠시 이건상에게 시선을 주는가 싶더니 그에게 물었다.

"마틴—마리에타(Martin—Marietta Materials, Inc.)사는 매각 대금으로 얼마를 부르고 있소?"

"110억 달러입니다, 회장님."

"좋소. 한 푼도 깎지 말고 남에게 넘어가기 전에 바로 인수하시오."

"네? 아무리 그래도 그렇지, 얼마라도 깎아야 되는 것 아닙니까, 회장님?"

상사 업무에 잔뼈가 굵어서인지 깎을 것을 주장하는 윤준오를 잠시 바라보던 태호가 말했다.

"나도 싸게 사고 싶습니다만, 흥정 중에 남에게 넘어가면 안 되니 그런 말을 하는 것이오."

"평소 회장님답지 않게 금번 마틴—마리에타의 인수 건은 왜 가격도 깎지 않고 달려드는지 모르겠습니다."

"하하하! 내 필생의 숙원 사업이기 때문이오."

한마디로 답하는 태호였다. 태호가 숙원 사업이라며 윤 사장의 말대로 전적으로 달려들어 인수하려는 마틴—마리에

타라는 회사는 도대체 어떤 회사일까?

1917년 설립된 글렌 L. 마틴(Glenn L. Martin Company)의 주요 사업은 미국 정부를 위한 미사일과 전자장치, 원자력청을 위한 원자력 관련 제품 등의 설계, 개발, 제작이었다.

1928년 법인이 되었고, 1961년 골재, 화학제품, 알루미늄, 시멘트 등을 제조하던 아메리칸—마리에타(American —Marietta Company)와 합병하여 마틴 마리에타(Martin Marietta Corporation)가 되었다.

1980년대에 와서 주로 항공 우주 및 방위산업에 주력하였고, 우주왕복선 프로그램의 주요 추진 업체로서 타이탄 로켓을 생산하였다.

또한 MX 미사일(대륙간 탄도미사일) 계획 및 패트리어트 미사일와 퍼싱 미사일 등의 제작에도 관여하였다.

위에서 언급했듯 미사일 제조를 할 수 있는 방산 업체이기 때문에 태호는 적극적으로 이 회사를 손에 넣으려는 것이다. 그 일환으로 태호는 2년 전에 마틴—마리에타의 시멘트 사업용 자산을 4억 2,000만 달러에 매입한 전력이 있다.

차근차근 포석을 전개하고 서서히 이빨을 드러내고 있는 것이다.

그러나 이 회사가 미국에서도 알아주는 방산 업체이기 때문에 인수가 쉽지 않을 것으로 예상하고 사전 포석도 했지만 지금도 포석을 하기 위해 태호가 입을 물었다.

"슐츠 고문은 어떻게 되었소?"

"내일 열 시까지 이곳으로 온다고 하셨습니다."

이건상 부사장의 대답에 태호가 고개를 끄덕이며 말했다.

"잘됐군. 백악관 비서실로 전화 좀 넣어보세요."

"네?"

이해를 못하는 이 부사장을 향해 태호가 보충 지시를 했다.

"내가 클린턴 대통령을 좀 보잔다고 하시오."

"알겠습니다, 회장님."

사실 태호는 전적으로 오늘을 위해서라고 해도 과언이 아닐 정도로 오랜 시간 공을 들여왔다. 현 빌 클린턴 대통령과는 아칸소주(州) 주지사 시절부터 안면을 터왔고, 그가 중앙 정계에 데뷔한 이래 5년 동안 연 50만 달러의 정치헌금을 해왔다.

뿐만 아니라 태호는 록히드 같은 거대 방산 업체조차도 연 50만 달러밖에 의회 로비에 쓰지 않는 데 비해 태호는 무려 100만 달러씩을 5년 동안 꾸준히 민주, 공화당을 막론하고 살포해 온 것이다. 물론 합법적으로 로비스트들을 고용해서 말이다.

아무튼 이런 인연으로 인해 태호는 작년 그의 취임식에 한국인으로서는 몇 안 되는 초청 인사에 끼어 그 자리에 참석한 바도 있다. 그러나 그와의 통화는 쉽지 않았다.

물경 네 시간을 기다려도 곧 답변을 주겠다는 보좌관으로부터 아무런 연락이 없었다. 그래서 태호가 호텔로 쉬러 가려고 막 일어서는데 그의 전화가 걸려왔다.

"Hi!"

"How are you, Mr. President?"

"Long time no see. Chairman Kim! But what happened?"

"I'd like to visit and tell you."

"Then come to the White House by noon tomorrow."

이 정도 영어는 지금도 계속하고 있는 회화 공부로 능숙하게 할 수 있게 된 태호지만, 그보다 기쁜 것은 자신이 찾아뵙고 말씀드리고 싶다는 말에 내일 정오까지 백악관으로 들어오라는 말에 더욱 기뻤다.

다음 날 오전 10시.

사장실에서 태호는 전 국무 장관 조지 슐츠 고문을 접견하고 있었다.

금년 74세로 이제는 완전히 노티가 나는 그와 수인사를 나눈 태호가 그를 보고 물었다.

"마틴 마리에타(Martin Marietta Corporation)사를 인수하

려는데 가능하겠습니까?"

"외국인이 미국 주요 방위산업체를 인수한다는 것은 쉽지 않은 일이오. 정부의 허가를 받아야 되는데, 그것도 쉽지 않은 일이지만 의회에서도 말썽이 일어나면 안 되오."

"외국인이 아니라 미국 총괄 법인명인 쓰리 윈(Three Win)으로 인수하려는 겁니다."

"그래도 자본 투자는 김 회장 그룹에서 했을 것 아니오?"

"초기 자본은 100% 그룹 자금이었지만, 지금은 미국 현지 기업인 지프사와 마틴 마리에타에서 인수한 시멘트사 및 여타 소소한 목재나 철강 대리점 등으로 구성되어 그 비중이 현저히 낮아졌습니다. 48% 정도 됩니다."

태호의 말은 한마디로 교언영색이었다. 지프사나 마틴 마리에타에서 인수한 시멘트사 및 여타 것 모두가 옛 삼원그룹의 자본이 투자되어 소유하고 있었다.

따라서 말을 꾸밈으로써 슐츠를 목적한 대로 끌어들이기 위한 일종의 술수였다.

어찌 되었든 숨은 내막을 모르는 슐츠이지만 태호의 말에 고개부터 흔들었다.

"그래도 쉽지 않을 것이오."

"그러니까 고문님께 매달리는 것 아닙니까? 어떻게든 인수해서 미국 정부의 승인을 받아달라고요."

"허허, 글쎄……."

"고문님이 쓰리 원의 회장직을 맡아주시죠?"

"이 나이에 무슨……?"

"부탁드립니다."

갑자기 태호가 자리에서 벌떡 일어나더니 바닥에 무릎을 꿇고 고개를 조아리기 시작했다. 이 모습을 처음에는 한동안 어이없다는 듯 바라보는 그였으나, 계속 부탁한다며 머리를 조아리는 아들 같은 이국 청년을 바라보니 문득 짠한 감정이 치밀어 올라왔다.

그래도 한국에서는 명색이 제일 잘나가는 대기업 총수라는 사람이 부끄러움도 모르고 바닥에 무릎을 꿇고 수없이 절을 하며 자신에게 매달리는 모습을 보니 묘한 울림이 마음속으로 전해져 온 것이다.

그래서 그는 어렵사리 입을 뗴었다.

"이 나이에 감당할 수 있을지 모르겠소?"

완곡한 승낙에 태호가 기쁜 얼굴로 자리에서 벌떡 일어나 고함치듯 말했다.

"무슨 말씀이십니까? 얼마든지 가능하고, 앞으로 20년은 더 하실 수 있을 겁니다!"

"하하하! 너무 지나치오."

오래 살겠다는 말에 싫어할 사람 없듯 이 노 정객도 기쁜 빛을 띠며 손을 내저었다. 아무튼 슐츠가 회장직을 맡아줌으로써 좀 더 가능성을 높인 태호는 곧 윤, 이 두 사람과 함께 인수전에 뛰어들 것을 지시했다.

다음 날 12시.

태호가 수속을 마치고 12시 정각에 대통령의 집무실로 찾아드니 빌 클린턴 대통령이 대소와 함께 태호를 가볍게 끌어안았다 놓으며 말했다.

"일부러 식사라도 함께하려고 이 시간에 맞추어 불렀소. 자, 갑시다."

앞장서는 클린턴을 따라 태호는 그가 안내하는 대로 식당으로 향했다.

그리고 얼마 후 태호는 깜짝 놀랐다. 일국의 대통령이니 전용 식당으로 갈 줄 알았는데 수많은 사람들이 식사를 하고 있는 식당으로 데려왔기 때문이다.

놀라는 태호를 보고 클린턴이 말했다.

"내가 애용하는 곳이오."

"아, 네!"

어정쩡하게 답하는 태호가 모르고 있는 일이 있었다.

1993년 빌 클린턴 미국 대통령은 취임 초 백악관 식당 규정을 바꾸었다.

백악관 고위 관리들의 전용 식당을 하위직 직원들도 이용할 수 있도록 한 것이다. 백악관 직원들의 사기 진작을 위한 조치였다.

하위직 직원들도 고위직 식당을 이용할 수 있게 되면서 자신도 중요한 사람임을 느끼게 됐다고 한다. 이곳 식당을 애용한 클린턴은 가끔 식당 주방에 들러 일하는 이들을 격려하기도 했다고 한다.

아무튼 태호를 이곳으로 데려온 클린턴은 곧 한 테이블에 자리를 잡고 식사가 나오기를 기다렸다.

막간을 이용해 클린턴이 태호에게 물었다.

"무슨 일로 날 보자고 한 것이오?"

"실은 마틴 마리에타를 인수하고 싶어서입니다."

"당신네 그룹이?"

"미국 현지 법인입니다."

"그 현지 법인이라는 것에 당신들의 돈이 투자되었을 것 아니오?"

슐츠와 마찬가지로 교언영색으로 속일 수 없다고 판단한 태호가 수긍했다.

"그렇습니다, 각하."

"그럼 안 되지요. 미안한 일이지만 미국 안보의 주춧돌이 되는 회사를 외국 친구에게 팔아넘길 수는 없소."

클린턴의 말에 태호가 매우 실망한 표정을 짓자 그가 태호의 어깨를 툭 치며 말했다.

"아무리 우리가 오랜 교분을 쌓아왔다지만 안 되는 것은 안 되는 일이오. 그러니 내가 들어줄 수 있는 것으로 범위를 좁혀 오시오."

"알겠습니다."

답하고 곧 나온 식사를 했지만, 태호는 맛이 있는지 없는지도 모르고 소태 씹는 심정으로 식사를 끝내고 곧장 백악관을 나왔다. 그리고 곧 한 시간 비행 끝에 뉴욕으로 다시 돌아왔다.

태호가 총괄 법인 사장실로 돌아와 보니 협상을 떠난 슐츠 이하 세 사람이 모두 돌아와 있었다.

마틴 마리에타의 본사가 워싱턴과 거의 비슷한 위도 동쪽인 메릴랜드주 베데스다에 있었기 때문에 이 역시 비행시간이 한 시간밖에 되지 않았다.

그런데다 이들은 아침 일찍 출발했으니 더 일찍 오는 것이 시간상 맞았다.

협상을 오래 질질 끌지 않았으면 말이다. 아무튼 태호가 슐츠를 보자마자 물었다.

"어떻게 되었습니까, 회장님? 그러고 보니 회장실조차 아직 안 만들었네. 이 부사장!"

"네!"

"이 회의가 끝나는 대로 회장실부터 만들어 드리도록."

"알겠습니다, 회장님!"

둘이 하는 짓을 바라보고 있던 슐츠가 답했다.

"협상이고 자시고 할 것도 없이 바로 계약을 체결해 버렸습니다."

"얼마예요?"

"110억 달러."

"네?"

"김 회장의 지침이 가격은 한 푼도 못 깎아도 좋으니 인수에 초점을 맞추라 하지 않았소?"

"그야 그렇습니다만."

"나도 왜 안 깎으려 했겠소. 105억 달러에 팔라고 하자 그쪽 CEO가 록히드사를 언급하며 곤란하다고 언급하기에 바로 없던 일로 하고 110억 달러에 인수 계약서를 작성해 버렸소."

"록히드사에서는 얼마를 주겠다는 언급은 하지 않던가요?"

"105억 달러라고 했소."

이 말에 태호는 속으로 생각하길 마리에타에서 5억 달러는 부풀린 것이고 실제는 100억 달러에 협상이 오가고 있을 것이라고 생각했다.

실제로도 원역사에서는 그들이 100억 달러에 마리에타를 인수한 바 있다. 아무튼 태호는 곧장 그다음으로 중요한 사항을 물었다.

"지불 조건은요?"

"우선 3일 내에 계약금으로 11억 달러를 지불하고 1달 내에 50억 달러, 3개월 내에 나머지 49억 달러를 지불하기로 했소."

이 말을 들은 태호는 곧장 부사장 이건상을 불렀다.

"이 부사장."

"네, 회장님!"

"11억 달러는 있죠?"

"네."

"지금 바로 입금시켜 주도록 하세요."

"네, 회장님!"

곧 그가 나가고 태호가 잠시 생각에 잠겨 있는데 슐츠가 말했다.

"정부의 승인이 날지 안 날지도 모르는데 너무 서두르는 것 아니오?"

"안 나면 곤란하지요."

"클린턴을 만난 결과가 좋은 모양이오?"

"그건 아닙니다만, 이 방법은 어떻습니까?"

"얘기해 보시오."

"바로 록히드사와 접촉해 곧장 록히드사에 합병을 시키는 것입니다. 우리가 그 회사의 지분 얼마를 차지하는 조건으로."

"그렇게 되면 기껏 사들여 남 좋은 일 하는 것 아니오. 규모로 보아 우리가 절대 경영의 주체는 될 수 없을 테니까."

"그렇게 되면 중간 과정이 생략되고 언론에도 우리의 개입 없이 다이렉트로 록히드로 매각되는 것으로 하면 별 잡음 없이 우리는 록히드사의 일정 지분을 차지하게 되는 것 아니겠습니까?"

"물론 가능한 방안이지만 실익이 없지 않겠소?"

"복안이 있습니다."

이렇게 답한 태호는 곧바로 배석한 정 비서실장에게 추궁하듯 물었다.

"우리가 입수한 정보가 확실한 것이죠?"

"그렇습니다, 회장님."

이때 밖으로 나갔던 이건상 부사장이 돌아왔다.

"바로 마리에타로 입금했고, 회장실도 꾸미라고 지시해 놓고 왔습니다, 회장님."

"좋소. 한데 요즘 미국의 금리가 얼마요?"

"1.75%입니다."

"굉장히 싸군. 한 500억 달러쯤 우리 그룹의 신용으로 차입할 수 없겠소? 정 안 되면 회사채를 발행하더라도."

"그룹의 신용만으로도 가능할 것이나 조금 있다 하는 것이 좋을 것 같습니다. 미연준이 돌아가는 상황을 보면 금리가 올해 추가로 대폭 떨어질 것 같습니다. 제 예상으로는 올해만도 두 번에 걸쳐 0.5%까지 떨어져 초저금리 시대로 진입하지 않을까 생각하고 있습니다. 이는 저뿐만 아니라 월가에 종사하는 사람들의 공통된 분석입니다, 회장님."

"정말 그런 예상이라면 0.5%까지 떨어진 다음에 회사채까지 발행해 최대한 자금을 확보하는 방향으로 합시다."

"제가 알기로 우리 그룹은 아주 튼튼한 것으로 아는데, 특별히 그렇게 하시는 이유라도 있습니까?"

"대규모 M&A를 실현할 작정입니다."

"알겠습니다, 회장님!"

태호가 대규모 M&A를 실현한다고 말했지만, 그 말도 물론 맞는 말이다.

하지만 가장 중요한 것은 올해가 95년이니 한국이 IMF 사태를 맞는 것이 채 2년도 남지 않았다는 사실이다.

중장년층이라면 절대 잊을 수 없는 환란의 시기가 도래하면 한국의 수많은 기업이 도산하기 때문에 태호는 미리 실탄 확보 차원에서 지금 이런 지시를 내리고 있는 것이다.

곧 태호는 슐츠 회장 이하 윤준오, 이건상 팀에게 록히드 사와 합병을 추진하되 최대한 많은 지분을 확보할 것을 지시하고 회의를 끝냈다.

『재벌 닷컴』 6권에 계속…

초대형 24시 만화방

신간 100%, 샤워실, 흡연실, 수면실(침대석), 커플석, 세탁기 완비

■ 광명 광명사거리역점 ■

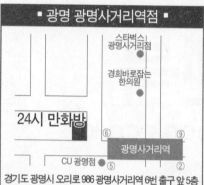

경기도 광명시 오리로 986 광명사거리역 6번 출구 앞 5층
02) 2625-9940 (솔목타워 5층)

■ 강북 노원역점 ■

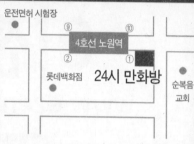

서울 노원구 상계동 340-6 노원역 1번 출구 앞 3층
02) 951-8324 (화용빌딩 3층)

■ 일산 정발산역점 ■

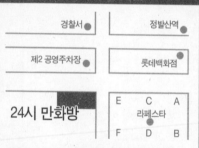

라페스타 E동 건너편 먹자골목 내 객잔건물 5층
031) 914-1957

■ 일산 화정역점 ■

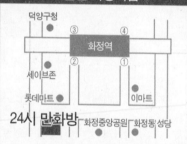

경기도 고양시 덕양구 화정동 984번지 서일빌딩 7층
031) 979-4874 (서일사우나 건물 7층)

■ 부천 역곡역점 ■

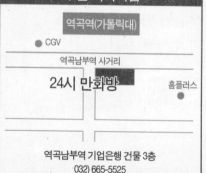

역곡남부역 기업은행 건물 3층
032) 665-5525

■ 부평역점 ■

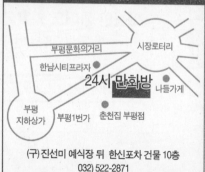

(구)진선미 예식장 뒤 한신포차 건물 10층
032) 522-2871

FUSION FANTASTIC STORY

설경구 장편소설

저니맨 김태식

한 팀에서 오래 머물지 못하고
이 팀, 저 팀을 옮겨 다니는
저니맨(Journey man)의 대명사, 김태식!
등 떠밀리듯 팀을 옮기기도 수차례.

"이게… 나라고?"

기적과 함께 그의 인생에 찾아온 두 번째 기회!

"이제부터 내가 뛸 팀은 내 의지로 선택한다!"

더 이상의 후회는 없다!
야구 역사를 바꿔놓을
그의 새로운 야구 인생이 펼쳐진다!

FUSION FANTASTIC STORY   류승현 장편소설

리턴 마스터

2041년, 인류는 귀환자에 의해 멸망했다.

최후의 인류 저항군인 문주한.
그는 인류를 구하고 모든 것을 다시 되돌리기 위하여
회귀의 반지를 이용해 20년 전으로 돌아갔다. 하지만……

"어째서 다른 인간의 몸으로 돌아온 거지?"

그가 회귀한 곳은 20년 전의 자신도, 지구도 아니었다!

다른 이의 몸으로 판타지 차원에
떨어져 버린 문주한.
그는 과연 인류를 구원할 수 있을 것인가!

Book Publishing CHUNGEORAM

유행이 아닌 자유추구 -
WWW.chungeoram.com